「なんだいみんなノリノリじゃん！
こうなったら……全員で走るしかないじゃん！」
4月
新学期
永瀬《ながせ》伊織《いおり》
JN283001

目次《もくじ》

ココロコネクト　クリップタイム

庵田定夏

FB
Famitsu Bunko
ファミ通文庫

イラスト／白身魚

スクープ写真の正しい使い方

「うちの部の五人が集まった時の『強さ』って、かなりのもんだと思わない？」
八重樫太一《やえがしたいち》の目の前で、永瀬伊織《ながせいおり》が唐突に言った。
ザ・美少女を地でいく永瀬は、時偶《ときたま》、意図が摑《つか》みきれない質問をする。
「強さって……なんの？」
太一は尋《たず》ね返す。
「いや、なんとなく全体的に」
「アバウト過ぎてコメントできねえよ」
「とにかく、わたしは、他の誰でもないこの五人だからこそできることっての、結構あると思うな」
　八重樫太一
　永瀬伊織
　稲葉姫子《いなばひめこ》
　桐山唯《きりやまゆい》
　青木義文《あおきよしふみ》
この五人だから、できること。
「確かに稲葉も桐山も、それに永瀬も青木も、それぞれ色んなところに秀《ひい》でているし、そんなメンバーが集まってるのは凄《すご》いことかもな。ま、俺は大したことないけど」
自分を卑下《ひげ》している訳でもなく、他のメンバーの個性からしてみれば、自分は普通の存在だと思う。

「ううん、それは違うよ。五人だからこそ、意味があるんだよ」

永瀬は括《くく》られた後ろ髪を、指でくるくると回す。

「そうか？　いや、否定するつもりはないけどさ」

そうだよな、と言って笑っていれば済む話なのかもしれないが、どういう訳か、そんな態度を取ってしまう。

「じゃあ太一は五人の中で一番キーとなる人物を挙《あ》げるとすれば、誰《だれ》だと思ってるの？あ、他意《たい》はないよ」

「そりゃあ、実質《じっしつ》皆を率《ひき》いるポジションの永瀬か稲葉か……」

「あちゃー、ホントわかってないねー、太一は」

やれやれ、といった感じで永瀬は肩を落とし、息を吐《は》く。

「一番キーとなっているのは、紛《まぎ》れもない、八重樫太一だよ」

胸にすっと染み入る声色《こわいろ》に、一瞬飲まれてそのまま頷《うなず》きそうになり、……太一は慌てて首を振る。

「いやいや、それはない……」

「ある」

「だから、な――」

「ある」

「な――」

「ある」

「……わかったから喋《しゃべ》らせてください」

「太一は自分がそんな人間だって、信じたくないの？」

「信じたくない訳じゃないけど、ただ信じられないだけの話、かな」

「ふーん……。でもいいんじゃないかなー、信じてみても。自分が必要とされている、って思って生きることは、別に悪いことじゃないでしょ？」

「……そうだな。そう思えたら、いいよな」

だが太一には、そこまで自分を五人の中心だとも思えなかった。

「う～ん、やっぱりそう思っていて欲しいなぁ、太一には」

「俺はそこまで凄い人間でもないんだから、理想像《りそうぞう》みたいなの作られても、な」

軽口《かるくち》で言い合いながらも、本当に残念そうにしている永瀬を見て、太一は期待に応《こた》えてやりたいとも思った。

それでも、ただ目の前の永瀬を満足させるために、口先だけで言ってみるのも、違う気がした。

「必要な人間、か」

太一から漏《も》れ出《で》た呟《つぶや》きは、永瀬の耳にとまることなく、部屋の中へと霧散《むさん》していった。

「っていうか、ホ・ン・ト・に・腹減ったー！」

……ついでに脈絡《みゃくらく》のない永瀬の叫びで、ちょっとだけシリアスだった空気も霧散していった。

□■□

私立山星高校《しりつやまぼしこうこう》、文化研究部《ぶんかけんきゅうぶ》、通称文研部《つうしょうぶんけんぶ》。『既存《きぞん》の枠《わく》にとらわれない、様々な分野における広範《こうはん》な文化研究活動』という、翻訳《ほんやく》すれば『なんでもあり』の活動内容を持つその部の構成員は、現在一年生五人のみだ。

固そうな名称《めいしょう》の割に、ほぼ好き勝手やっているだけの緩《ゆる》い部ではあるが、一応部として学校から認めて貰うために、月一で『文研新聞《ぶんけんしんぶん》』なるものを発行している。

そして、夏休み真っ直中の今。

文研部部室では、太一を含む文研部メンバー全員が、長机を囲んで座っていた。

「今から文化研究部文化祭出し物『文研新聞　文化祭増刊号』掲載用《けいさいよう》記事中間報告会を始める」

上座《かみざ》に陣取《じんど》る文化研究部副部長、稲葉姫子が、長ったらしい名称を一切噛《か》むことなく言ってみせる。

艶《つや》のあるセミロングストレートの黒髪《くろかみ》と、スリムでシャープな肢体《したい》が、そこはかとなくできる女っぽさを感じさせている。

今日は、夏休み明けてすぐの九月頭に開催《かいさい》される文化祭に向けて話し合う日であった。

「唯から時計回りでいくか」

慣れた様子で場を仕切る稲葉が、小柄《こがら》な体に栗色《くりいろ》ロングヘアーがよく映えている桐山唯を指名する。

「ふふふ、あたしのはなかなかのデキよ。よその学校から来た女子や、学校見学がてら来る中学生の女の子にも、喜ばれること間違《まちが》いなしだから」

自信満々《じしんまんまん》に語りつつ、桐山は自分の鞄《かばん》を漁《あさ》り、紙を取り出す。

「あたしの記事は……『おしゃれ女子高生達が選ぶ！　今大注目の可愛《かわい》い小物ベストテン！　これであなたの可愛さも急上昇！』よっ」

記事草案《そうあん》を見せつけながら、ふふーんと胸を反らす桐山——

「じゃ、次は伊織だな」

——を丸っきりシカトして稲葉が話を先に進めた。

「ちょ、ちょっと待って！　コメントないの!?　あるでしょ!?　あるわよね!?」

がったーんと椅子《いす》を揺らして桐山が立ち上がる。

「ない」

冷たく断言する稲葉。

温度差が甚《はなは》だしかった。

「なんでよっ、男子二人はまだしも、女子はなにかしらあってしかるべきでしょ!?」

「って言われてもなあ、伊織」

　稲葉が永瀬伊織に話を振る。

「うん、流行《はやり》の小物とか言われてもわかんないんだよねー」

　あははーと屈託《くったく》なく笑う永瀬。

「ふ、ふんっ。どうせほっといてもクールビューティーとか言われる稲葉と、学年一の美少女とか言われてる伊織には関係ない話でしょうねーだ」

「んなすねなくても、桐山だって十分可愛いだろ」

　べー、と舌を出した桐山に対して、太一は言う。

「うぇいっ、……あ、うん。ありがとう、太一」

　ちょっとびっくりした表情で桐山が頷く。

「待て！　それはオレの役目だろっ、可愛いというところは同意だけれどもさ」

　長身優男《ちょうしんやさおとこ》である青木義文が割って入ってきた。

　ちなみに青木は桐山と付き合っている訳でもなんでもない（一方的アプローチを袖《そで》にされ続けているだけ）。

「ってことで唯、心配しなくても今日も可愛いよ！」

「あんたに言われてもこれっぽっちも嬉《うれ》しくない」

　こちらの温度差もなかなか激しかった。

「真面目《まじめ》に言えば、女子には喜んで貰えるんじゃないか？　それに実用記事があると、長く『文研新聞』を保管して貰えるかもしれんしな。そのままで問題ないぞ、唯」

稲葉が持ち上げつつ言うと、桐山は不満げな顔で頷きながら席に着いた。いや、頬《ほほ》が緩んでいる。褒《ほ》められて嬉しかったらしい。

「稲葉んのオッケーが出たということで、次はわたしかな？　わたしのはこれでーす」

嬉々《きき》とした表情で永瀬が紙を開く。ちなみに永瀬が文研部の部長である。

「『密着《みっちゃく》！　ある山星高校生の一日～稲葉姫子編～』」

「なに無許可《むきょか》でプライベート情報流出《りゅうしゅつ》させようとしてるんだよっ！」

「学生新聞らしく、一学生にスポットライトを当てるのも悪くないかなー、って」

「コンセプトはいいとしても、アタシはその対象にはなってやらねえよ！」

「え～。でもわたしが今一番知りたいことってなにかなー、って考えてたら『稲葉んのプライベート情報しかない！』という結論《けつろん》になったんだけど」

「それは俺も興味あるな」

太一はぼそっと呟く。と、

「あっ、オレもオレも！」

「あたしも知りたいかも」

青木と桐山も続いた。

「お前らどんだけアタシのこと好きなんだよっ！」

「稲葉んは秘密主義《ひみつしゅぎ》のところがあるから、みんな気になっちゃうんだよ」

「それで言ったら、伊織も似たようなところあるだろうが！」

反撃《はんげき》を試《こころ》みる稲葉にも、永瀬は、そんなの身に覚えありませーんといった具合で首を振ってみせる。

「とにかくダメだ。絶対ダメだ。不特定多数の人間に個人情報を晒《さら》すとかやってられるか。……そうだ、この前誰かが国体出場《こくたいしゅつじょう》がどうとかあっただろ、そいつにしとけ」

「え〜、稲葉んのプライバシー領域《りょういき》に迫るための企画だったのにぃ〜」

「今ので尚更《なおさら》やるのが嫌になったよ！　とにかくアタシはやらん。そして国体のヤツにしとけ。これで伊織の分は決まりだな。ハイハイ、次！　次は青木だな」

まだまだ不服《ふふく》そうな伊織を無視して、稲葉が強引に話の流れを変えた。

「オレも今回はせっかくの文化祭増刊号だし、ちょっと趣向《しゅこう》を変えて、読者参加型で尚かつプレゼント付き、なーんてものやろうと考えておるワケですよ」

「へえ、面白《おもしろ》そうだな」

太一が言う。

「だろ？　つーことでオレのは、『求む！　恋のレスキュー隊！　この恋の悩みを解決せよ！　豪華《ごうか》賞品付き！』」

「文化祭の企画っぽいし、青木にしては悪くなさそうだな」

珍《めずら》しく稲葉も賛同《さんどう》している。

「イエス、稲葉っちゃんにも褒められた！　でも『青木にしては』はいらないよ！」

永瀬が尋ねる。

「具体的にはどんな内容なの？」

「おっと伊織ちゃんまで興味津々《きょうみしんしん》か。なら説明しよう！　この企画は、照れ屋のためかデートにすら応《おう》じてくれないK・YさんをA・Yさんがオトすには、どのような策を取ればいいか、詳細なデータを参考資料として載《の》せ、読者の投稿《とうこう》を募集し――」

「ストーップ！　それイニシャルからして完全に桐山唯と青木義文のことじゃないっ！」

ばんっと両手で机を叩《たた》き、桐山が叫んだ。

「な、なぜバレた……」

「バレるに決まってるでしょ!?　しかもなによっ、詳細なデータって！」

「だって……、その方がよりよいアイデアが出やすくなるだろうし、そうすれば実際に成功した案を出した人に、プレゼントをあげることも――」

「もういっちょストーップ！　しかも豪華賞品ってそういうつもりなの!?　ならそれは当たりなしのオール空クジよっ！」

「か、可能性ゼロってことはないっしょ？　宝くじで三億円当たるくらいの確率《かくりつ》だとしてもあることはあるでしょ？」

「……天文学的数字《てんもんがくてきすうじ》であることは認めるんだな、青木」

余りのけなげさに、青木を応援してあげたい気持ちがちょっと強くなった。

それからも桐山がわーわー吠《ほ》えるので、青木の案はお流れになった。

「ひとまず青木の記事は要再考《ようさいこう》。次は太一だな」

稲葉に言われ、太一も記事草案を取り出し、開いた。

「俺も、文化祭だから外部の人達も含《ふく》め、より多くの人を意識した内容になっている。題して『初めてのプロレス観戦《かんせん》　これを知れば十倍楽しい！』だ。もちろんプロレス観戦なんて、自分の好きなスタイルで――」

「しまった！　こいつには話を聞く必要がなかったんだ！」

稲葉が叫び、

「出たっ！　プロレスオタク！」

ついでに永瀬も叫んだ。

「待て、落ち着け。いつも伝わらんし需要《じゅよう》もないと言われるが、今回は全く馴染《なじ》みのない人でも――」

「題材自体変えないと意味ねえよ！」

もう一度稲葉が叫び、

「でも太一はもうそれでいいと思うよ！」

おまけに永瀬ももう一度叫んだ。

「だ、だから待てって。確かに『第一試合とかの前座《ぜんざ》が、逆エビ固めなどの基本的な技できっちり組み立てられていればいるだけ、メインイベントの大技合戦が映《は》える』とか多少高度な内容も含むが——」

「わかったから。もうお前は勝手にやれ」

思いっ切り面倒臭《めんどうくさ》そうな感じで稲葉にあしらわれた。

「つーか、なら稲葉はいったいどんなネタなんだよ？」

凄いんだろうな、というニュアンスを込めた口調で太一は言った。

「祭りだし、いくらかハジけてやろうかなあ、と思ってはいるな」

言いながら稲葉は一枚の写真を取り出す。

稲葉からは普段あまり聞かない、ハジけてやろうという言葉の意味合いに思考《しこう》を巡《めぐ》らせつつ、写真を見ようと太一は身を乗り出し——そのまま固まった。

啞然《あぜん》。

呆然《ぼうぜん》。

太一は声も出せず凍《こお》りつく。

その横で稲葉以外の面々は、わーわーぎゃーぎゃー騒ぎ出している。

混乱の元凶《げんきょう》。

その写真には、カフェで手を取り合っている山星高校の教師二名が写っていた。

「い、いったいどうやって入手したんだよ？」

写真週刊誌ばりのリアルスクープに、太一は若干《じゃっかん》畏怖《いふ》すら覚えつつ尋ねる。

「フフフ、ヒ・ミ・ツ」

稲葉は、今日も底が知れなかった。

「い、いや……だが待てよ。入手経路はこの際問わないにして、だ。こんなもん校内新聞に載せられる訳ないだろ？」

まだ「これマジ!?」やら「い、意外にもほどがある組み合わせじゃない!?」やら、「スッゲー！」やら叫び合っている永瀬、桐山、青木を尻目《しりめ》に太一は続けて問う。

「発行許可くらいどうとでもなるさ」

「んな簡単にいく訳が……。まあもし仮に許可が出て印刷してもだ。それを配布なんてできないだろ？　本人達や一部の教師の目に入ったら即刻《そっこく》中止させられるだろ？」

「ふん、その程度の障害《しょうがい》、アタシら五人にとっては問題じゃないね」

——五人にとっては。

「なんで自信あり気に言えるんだよ……。実際、厳《きび》しいだろ？　やらかして終了、って訳にもいかないいんだし」

現実的に考えて言った太一のセリフに、稲葉も多少真面目な表情を作る。

「確かに、後先考えずにやるならまだしも、誰に文句も言われず、きちんと丸く収めることまで達成《たっせい》するのは、難しいかもしれない。普通の奴らが普通にやっただけじゃ、できないかもしれない。だが、アタシ達にはできる。なぜなら——」

にやりと、改めて口の端《はし》を吊り上げ、稲葉は尊大《そんだい》な態度で腕を組む。

「——アタシら五人揃《そろ》えば無敵《むてき》だからさ。少なくともこの学校内じゃな」

根拠《こんきょ》なんてあるはずもない発言なのに、一息で信じてしまいそうになるくらい、稲葉は堂々と言い切った。

「ということで、ミッションスタートだっ！」

□■□

文化祭まで後一週間と迫った山星高校。

金槌《かなづち》で釘《くぎ》を打つ音、大勢で歌う声。それ以外もがやがやと作業をする生徒達の話し声やらで、校内中が喧噪《けんそう》に包まれている。

そんな中太一達も、文研部の企画を進行させていた。

そして今、太一・永瀬・稲葉の三人は、完成原稿に許可を貰うため、文化研究部顧問《こもん》である後藤龍善《ごとうりゅうぜん》（二十五歳・物理《ぶつり》担当）に会いに職員室を訪れていた。

ここで発行許可が貰えるかどうかが、一つ目のハードルとなる。

「おお、文研部かつ我《わ》が一年三組の三人組。どうかしたか？　つーかクラスの喫茶店《きっさてん》の方はどうなってる？」

後藤は太一・永瀬・稲葉のクラス、一年三組担任でもある。必然《ひつぜん》、三人にとっては学内で最《もっと》も交流のある教師となる。

「お前も知っての通り、うちは委員長がしっかりしているから、順調過ぎるくらい順調だぞ。それでだな、後藤。いつものように申し訳程度目を通してから、『文研新聞』発行のための判《はん》を書類に押して欲しいんだが」

いくら交流が深いと言っても、稲葉の態度はどうかと思うが。

「おい、稲葉。せめて俺公認《こうにん》のあだ名である『ごっさん』までにしとけと言ってるだろ。呼び捨てだと教師としての威厳《いげん》が……って、ん？　これが今回の分か……？」

後藤は教師の威厳より気になるものを『文研新聞　文化祭増刊号』に見つけたようだ。

色々とつっこみどころはあったが、ひとまず太一は自重《じちょう》しておく。

「な、なんだこの一面にでかでかと載っている写真は？　これは……社会科の田中《たなか》先生と、顔・スタイル・性格と三拍子《さんびょうし》揃った近年稀《まれ》に見る逸材《いつざい》の平田涼子《ひらたりょうこ》先生じゃないかっ！　二人はそんな仲なのか!?　俺は付き合ってるなんて聞いたことないぞ!?」

「ごっさん。平田先生の形容が明らかに同僚《どうりょう》教師を見る目じゃない気がします」

流石《さすが》に太一もつっこんだ。

「まだ正確には付き合ってないらしいがな」

稲葉が言った。

「ああ……なんだ……。よかった……。いい中年の田中先生と、まだまだぴちぴち二十代の平田先生とでは、大分と歳の差もあるしな」

ほっ、と息をつく後藤。

「でも付き合うのも時間の問題みたいだけどな」

「ええいっ、田中先生は日本史が恋人の朴念仁《ぼくねんじん》じゃなかったのか!? いい歳こいてまだ独身《どくしん》だし、あの人大丈夫なのかなぁと心配してたらこっそり大物釣《つ》り上《あ》げやがって!」

頭を抱える後藤を見て、稲葉はくくくと忍び笑いを漏らす。

遊ぶ稲葉（生徒）と、遊ばれる後藤（教師）であった。

「あ〰〰っ、もう今日仕事やる気なくした、俺。けっ、今夜は飲んでやる」

「で、ごっさん。発行許可のハンコ押して貰ってもいいかな?」

書類の紙をぴらぴらさせながら永瀬が訊《き》く。

「押したきゃ勝手に押しとけ。どうせお前らなら、本当に書いちゃいけないことは書いてないだろうしな、へんっ」

なんだかんだで信頼関係はきちんと構築《こうちく》されていたりする。

「――ってどうせ言うと思ったからもう先に押しといたよ」

にっこり笑顔で永瀬が言った。

「……なんかちょっと変な感じに息が合っちゃってるよな」

流石に問題があるような気もするなと感じつつ、太一は独《ひと》りごちる。

そんな訳で一つ目の障害は、後藤の性格のおかげもあって、小さな段差くらいのハードルにしかならなかったのだった。

太一・永瀬・稲葉の三人で印刷に目処《めど》を付けたところで、桐山・青木も文化研究部部室にやってきた。最近、桐山と青木はクラスの出し物として踊《おど》りを披露《ひろう》するため、忙しく練習に励《はげ》んでいる。そのため五人が揃うのは久々だった。早速『文研新聞　文化祭増刊号』の会議が開催される。

太一が稲葉に向かって言う。

「やっぱり、例のスキャンダル的スクープネタを、本人達に無許可で出していいのか、という点が気になるんだが」

「大丈夫だって言ってるだろ。アタシの調査によれば、二人は完全に両思いなんだが、歳の差が気になったり田中先生が堅物《かたぶつ》だったりで、なかなか踏ん切りがつかないらしいんだ。今回の件が二人にとっていいきっかけになる可能性もある。となれば、本当にただ迷惑、にはならんはずだ。……たぶん」

「『たぶん』を付けるな。……そして前々から思ってるんだが、稲葉の情報入手経路《けいろ》はどうなってるんだよ？」

「いつも言ってるだろ？　ヒ・ミ・ツ、だ。ウフフ」

「すっげえ悪人面《あくにんづら》だぞ、稲葉……」

元の顔が整っている分余計に恐ろしかった。

「まあそれは稲葉を信じることにして」

桐山が口を開く。

「早いとこその『文研新聞』をどうやって配るか決めましょ。工夫《くふう》しないと、配るのを途中で止められるかもしれないんでしょ？」

桐山は下敷きでぱたぱた自分を扇《あお》ぎ、栗色の長髪をなびかせている。

「一応許可を貰ってはいるが、ごっさんが独断でオッケー出しただけだからな。……しかも凄い適当だったし」

後藤の許可があるからもう大丈夫、と言えるほど、後藤の地位が教師内で高いとも、太一には思えない。

「んなもん、簡単な問題じゃないか。むしろ問題にもなってねえよ」

今日もまた、稲葉は自信満々である。

「なにかいい解決案あるのかよ、稲葉？」太一が訊く。

これだけ確信を持っているのだから相応《そうおう》のアイデアが――

「一気に配る、以上」

――びっくりするくらい簡単だった。

「うんうん、捻《ひね》りがない分ストレートに効果が出るし、それが一番かもね」

永瀬が頷き、続けて身を乗り出して言う。

「あっ、でさ、せっかくだしインパクトのある配り方ってのも狙ってみたら？　ド派手《はで》に屋上《おくじょう》からばらまくとか！」

「イイね、イイねー！　ナイスアイデア、伊織ちゃん。祭りらしいじゃん！　ばらまく時、花火みたいなの打ち上げちゃったりすると更によくね？」

「おおー、やるね～、青木も。こりゃビッグイベントだ！」

イェーイ、と無駄《むだ》にテンションの高い永瀬と青木。

「注目集めるからたくさんの人に見て貰えて、しかも一気に配れたら時間もかからないし、まさに一石二鳥《いっせきにちょう》ね！」

桐山も乗り気のようだ。

「ふん、悪くないな。その場合考慮《こうりょ》しなければならないのは、まず火気を使う模擬店《もぎてん》が近くにないこと……。それから全部を一気にぶちまける訳にもいかんし、ばらまく枚数は絞《しぼ》って、残りはどこかに置くか配るか……。ああ、当日の風の状況は逐一《ちくいち》チェックだな。それから拾って貰えなかった分は自分達で回収する必要があるから……」

稲葉に至ってはもう実施《じっし》の手はずを確認している。

「つーか、稲葉って無茶苦茶なのか常識人なのか、よくわからないよな」

「なにを言ってる、太一。少なくともこの中じゃ、アタシは誰よりも常識人だぞ」

稲葉には一片《いっぺん》の疑いもなさそうだった。

「てかばらまくなら……はっ、閃《ひらめ》いたぁ！」

突如《とつじょ》青木が立ち上がった。

「なによ、期待せずに聞いてあげるわ」

桐山は若干暑苦しそうに顔をしかめる。

「いやいや期待して大丈夫だよ、唯！　今日のオレは絶好調だから！　ええと、せっかくならメインステージが一番盛り上がってるであろう時、つまりは文化祭のトリを飾る、山星高校ミスコンが行われた後にばらまくのどうよ？　っつう話！」

「……コメントに困る普通の意見ね」

「なんで!?　オレの場合普通だと不味《まず》い!?」

青木のセリフに対して永瀬が言う。

「不味くはないけどイマイチかな。あ、意見自体はいいと思うけど」

「なんだ……オレはなにを求められているんだ……。まあわかんないからいいや」

早い諦《あきら》めだった。

「更にだ」

稲葉が割って入る。そしてタメを作って皆の注目を集めてから、言う。

「その時のミスコン優勝者が文研部員だと、面白くないか？」

おおっ、と稲葉のプランに皆から歓声《かんせい》が上がる。

「いいねー。ただ問題は誰が出場したら、優勝できちゃうかって話で……」

話す永瀬の言葉を、稲葉が途中で遮《さえぎ》る。

「まさしくお前だろうが、伊織。お前が言うと嫌みっぽく……はねえなぁ、マジで言ってそうだから」

「えー、わたしが可愛いことは認めるけれどもさー、一番取れるほどかなぁ？」

「自分が可愛いことは認めるんだな」と太一は呟く。

正直な奴だった。確かに間違ってはいないし。

桐山が言う。

「大丈夫よ、伊織。ウチのミスコンは、学年ごとに選出《せんしゅつ》する仕組みになってるの。で、客観的《きゃっかんてき》に見て、一年に伊織以上に可愛いと言える子はいないわ。あたしの可愛い子評価は評判いいから、安心して」

「なにをそんなに威張《いば》りながら言ってるんだ桐山は……」

またもや太一は呟く。

「ていうか、稲葉んだって唯だって、出たら絶対いい勝負できそうなポテンシャルは持ってるじゃん」

「まあ、確かにアタシも美人にはカテゴライズされると思うが」

「あたしも結構可愛いけどさ」

稲葉と桐山が言った。

基本的に文研部女子陣は、事実について変に謙遜《けんそん》したりはしないのだ。

「ちなみにオレは唯が一番だと——どはっ!?」

青木に稲葉の肩パンが炸裂《さくれつ》していた。

「お前は黙《だま》ってろ！　あ～っ、もう、とにかく伊織が出れば間違いないんだよっ。ちっ、じゃあ切り札投入だ！　言ってやれ、太一——！」

「は？　俺……になにを言えと？」

突然の指名に、太一は焦《あせ》る。

「お前が言えば、たぶんなんか上手《うま》くいく気がする！」

気持ちいいくらいの稲葉による丸投げだった。

「そう言われてもだな……。だが、まあ、実際永瀬の容姿《ようし》は、ミスコンで優勝できるくらいだと思う、けど」

とりあえず太一は、思ったことをそのまま口にする。

「それは……わたしがとても可愛いと、太一は思う……という解釈《かいしゃく》でいいの、かな？」

永瀬の純 真《じゅんしん》な瞳《ひとみ》がこちらを覗《のぞ》き込《こ》む。

「おう、まあ、そういうことだ」

太一は頷く。

その返事を噛み締めるように数秒沈黙《ちんもく》してから、永瀬は、ふわりと、溶《と》けるような笑顔を見せた。

はっとしてしまうほど魅力的《みりょくてき》な笑みであった。

「なんだろう？　不思議だな。太一が言うと、やろうかなって思える……。うっし、なら出よう！　優勝して、そしてド派手に『文研新聞』をばらまいてやろう！」

ぎゅっ、と拳《こぶし》を握って永瀬が高らかに宣言《せんげん》した。

「しゃっ、キタ！　伊織ちゃん、ファイト〜！」

「ミスコンって衣装自由だったわよね!?　うわっ、なに着せちゃおうかな〜。うふふっ、あたしの名にかけて最高に可愛〰〰〰〰〰くしてやるわ！」

　青木と桐山が、それぞれ嬉しそうに言った。

　その隣では、やたらと偉《えら》そうに「なっ、アタシの言った通りだろ？」という顔をした稲葉が、ふんぞり返って太一を見ていた。

「たまたま、だろ？」

　太一が言うと、はんっ、と稲葉は一つ鼻で笑った。

「どうだろうねえ？　……ま、これで後準備することは、なるたけでかくて派手な昼用の花火を用意して、と……」

　稲葉は自前のノートパソコンを引き寄せてカタカタやり始める。

「文化祭頑張ろうね、太一！　絶対成功させてやろうぜっ」

　満開の笑みを浮かべた永瀬が、ぐいっと右の拳を太一に向かって突き出した。

　――この五人の中で、自分には、なにができるのだろうか。

　自分でもよくわからないが、そんなに大したことではないのだろう。太一は思う。

　でも、たとえそうであったとしても、自分は自分にできることをやるだけだ。

「……おう、やるからには、絶対成功させてやろうな」

　太一は己の右拳を、永瀬の右拳にこつんと合わせた。

□■□

迎えた文化祭当日。

快晴《かいせい》、微風《びふう》と、太一達文研部の企画にはうってつけの日和《ひより》だった。天候《てんこう》も手伝ってか、外部から訪れている人も多い。人出は上々、校内は活気に包まれている。

正午をいくらか過ぎた頃、太一は稲葉・桐山・青木と共にメインステージへと赴いていた。

結構な盛況《せいきょう》具合である。よそ見をして歩けば、すぐ人にぶつかってしまうほどだ。

今メインステージでは、『文研新聞　文化祭増刊号　配布大作戦！』(稲葉命名)の成否《せいひ》を占うとも言える、ミスコン(一年生の部)のアピールタイムが行われていた。

永瀬が敗退《はいたい》しようとも、作戦の実行が不可能になる訳ではないし、その場合のプランも用意はしている。

が、永瀬が優勝する前提《ぜんてい》で作戦決行を予定している太一達にとって、できれば直前のプラン変更は避けたいところだ。

なにより、やるからには、完全な成功というものを成《な》し遂《と》げたい。

「一年生の部の出場者確認したけど、そりゃ全員そこそこ可愛いとはいえ、伊織に迫るほどの子はいなかったわ」

　どこかの模擬店から買ってきたたこ焼きを手にした桐山が言う。今日はクラスの出し物で踊るためか、栗色のロングヘアーを後ろで纏《まと》め上《あ》げていた。

　ステージ上では、出場者の女子に対して司会者があれこれと質問している。

　かなりノリのいい司会者は、さっきから際どい質問で会場を盛り上げていた。……しかしスリーサイズまで聞くのはやり過……あ、殴《なぐ》られた。

「いいぞー！」「もっとやれー！」などと外野からヤジが飛ぶ。

　会場の空気はいい感じに暖《あたた》まっているようだ。

「アタシは手伝えなかったんだが、衣装の方もバッチリなんだろ？」

　稲葉が桐山に聞いた。

「はふっ……熱っっ！　ちょ、ちょっと熱過ぎない、このたこ焼き⁉」

「え、どれどれ？　オレが食べてみるわ。はい、あーん」

「誰が食わすか、この変態野郎」

　桐山はバカみたいに口を開く青木に罵声《ばせい》を浴《あ》びせる。

　相変わらずな二人だった。

「ええと、それで衣装だっけ？　もっちろん、バッチリよ！　迷ったけど、完全にあたしの趣味《しゅみ》でいくことにしたわ！」

「おい」と太一はつっこむ。

「一度アレ着て欲しかったのよね～。すっごく可愛いから期待しなさいよ。あ、後『可愛い可愛い』っておだてて、これからもコスプレさせやすくしておきましょうね」

「誰が得するんだよ」ともう一度太一がつっこむ。

「主にあたしだけど？」

当たり前のように桐山（可愛いもの大好き）は言った。

「みんなも目の保養《ほよう》になっていいでしょ？　あ～、ホント、可愛いっていいわよね。なれるものなら、あたしも伊織になってみたいなぁ。そしたらあんな格好《かっこう》してこんな格好して……ってできるのに。う～ん、やっぱり可愛いって正義ねっ。可愛い最高！　アイ・ラブ・可愛い！　はふっ……熱っっ！　だから熱いのよっ！」

桐山は、ほっておいても一人でなんか面白くなっていたりする人間だったりする。

「って、あっ！　稲葉っ、なに勝手にあたしのたこ焼き食べてるのよ!?」

「……うむ。一つわかったことがある、お前は完全に猫舌《ねこじた》だ！」

稲葉が爪楊枝《つまようじ》でビシッ、と桐山の方を指した。

「ぶっくくく、稲葉っちゃん、前歯の変なところに青のり付いてるし……どほっ!?　な、殴ることなくない!?　仮にも教えてあげたんだしさ!?」

「青木に言われると、人間としての尊厳《そんげん》が失われるような気がする」

「か、過去最大級の罵倒《ばとう》かもしれない……がくっ」

ステージ上などほったらかしであった。

『——さん、ありがとうございました～。それでは続いてエントリーナンバー四番の方どうぞ～』

「おっ、次、伊織ちゃんじゃね？」

青木が声を上げる。

「え？　もう四番目？　ええっと、カメラカメラ……ってこのたこ焼き邪魔《じゃま》っっ！」

「なんで買ったんだよ……」

一人でわたわたする桐山につっこんでから、太一も改めてステージに注目した。

ステージの袖から、艶《あで》やかな、という形容がぴったりの、浴衣《ゆかた》を身に纏った女性が上がってくる。

花模様《はなもよう》がくっきり映える、淡《あわ》い桃色の浴衣は、派手過ぎず、それでいて大人し過ぎず、ほんのり心が温かくなるような色合いだ。

それを着る女性の肌は、透き通る雪のごとき白さで、浴衣のピンクとの対比は、まるで、新雪《しんせつ》に桜の花びらが幾重《いくえ》にも舞い降りたようだった。

遠目からでもはっきりとわかる、ぱっちりとした二重《ふたえ》の目が特徴的な整った顔立ち。絹糸《きぬいと》のようなやわらかさと滑《なめ》らかさが見てとれるミディアムの黒髪を、唯一主張の激しい深紅《しんく》のリボンで括った彼女は、ステージの真ん中まで来て立ち止まる。

そして胸にすっと染み入って、思わずこちらまで笑みを零《こぼ》してしまいそうになる笑顔で、ちょいと小首を傾《かし》げて見せた。

と——、

「うおおおおおおおおおおおおおおおおおおお！」

地鳴りのような歓声が上がる。

ステージの中心で、押し寄せる喝采《かっさい》を浴びているのは、紛れもない、永瀬伊織だった。

太一は声もなく、ただただ見惚《みと》れる。

「おおお、そりゃ伊織ちゃんが可愛いのは知ってるけどさ！　ここまで可愛かったっけ⁉」

興奮《こうふん》を隠しきれない様子で青木が言う。

「フッ、あたしのコーディネート能力にかかればこんなものよ。髪だってちゃんと時間かけてやってあるんだから。……まあほとんど元の素材のおかげだけど」

桐山も嬉しそうにカメラをステージへ向けている。

「まだ残りの候補者はいるし、投票は後だけど。……勝負アリ、だな」

なんでもさっさと決めつけてしまう稲葉だが、今回ばかりは間違いなど起こりそうもないと、太一も思うのだった。

□■□

太一は廊下《ろうか》を走っていた。

もちろん廊下は走るべきではないと百も承知《しょうち》であるが、それでも、走っていた。

人がわらわらといる廊下を、危険過ぎないギリギリのスピードでひたすら走る。

太一の左右には同じく走る桐山と青木がいる。ちなみに二人は、自クラスの踊りの際着用していたはっぴ姿のままだ。

これまで順調に進んでいた『文研新聞　文化祭増刊号　配布大作戦！』が、今初めて危機《きき》を迎えていた。

このままではミスコンの投票結果発表、つまりは『文研新聞　文化祭増刊号』投下予定時刻に間に合わないかもしれないのである。

「てかなんで二人も遅れてるんだよっ⁉　余裕《よゆう》あるんじゃなかったのか⁉」

桐山と青木に太一は尋ねる。

「ま……まさか、アンコールが……あるなんて……思わない……だろ……」

二ラウンド踊った後の猛《もう》ダッシュだったらしく、青木は息も絶え絶えになっていた。

「そ……そういう……太一こそ……じ、自分の当番の時間は……もう少し早めに終わるんじゃなかった……のか？」

「だったんだが『どうしても代わりにやってくれ』って頼まれたりして……」

太一が言うと、これ見よがしに桐山が溜息《ためいき》をついた。

「あーあ、また太一のお人好し病が出ちゃった訳ね」

少なくとも青木と同じ運動量のはずなのに、桐山は余裕綽《よゆうしゃくしゃく》々だった。流石、実は身体能力学内トップクラス。中学女子空手界の猛者《もさ》の基礎体力《きそたいりょく》は、引退しても未《いま》だに健《けん》在《ざい》のようだ。

と、太一達の前に怪しい影が、一つ、二つ、三つ。

ラグビーでもやっていそうながたいのいい男達だった（ちなみにエプロン姿）。

三人は、さながら門番のように廊下の通行を塞《せ》き止《と》めている。

「ハーイ、そこの君達お腹減ってるんじゃないかな？」「はいっ、減ってるね！」「ということで三名様ご来店でーす！」

気持ちの悪い満面営業スマイルで、三人の男達が次々に言う。

「うちの店は得々セットというのが本当にお得なんだよ？」「じゃ、それにしよう！」

「ということでオーダー得々三つ入りまーす！」

「な、なんだ？」

戸惑《とまど》い、太一はたたらを踏んで立ち止まる。

桐山と青木も同様に停止した。

「これ、噂《うわさ》に聞く『文化祭終了間際《まぎわ》売れ残り在庫《ざいこ》一掃悪徳《いっそうあくとく》押し売り商法』じゃないかしら……？　部活で模擬店を出すとこもたくさんあるから、競争が激しくて、そういうの多いって聞いてたけど……。しかもここ、タチ悪そう」

隣の桐山が、妙に感心した様子で教えてくれた。

と、言う間に筋肉質な男三人組（エプロン姿）がじりじりとにじり寄ってくる。

素通りさせてくれそうにはない。しかし、ここで引き返して別ルートに向かうのは、大幅な時間のロスになってしまう。

ならば。

今自分に、できることは。

「ここは俺が犠牲《ぎせい》になろう。その間に二人は行ってくれ。俺は後から、追いかける」

「太一。一応聞いてあげるけど、犠牲になるってどうするつもりなの？」

桐山の口調は、怒っているようであった。

「どうって、俺が得々セットを、場合によっては三人前食べようかと……。そうすれば、向こうも助かるだろうし」

「はぁ……、そこまでくると単に頭が悪い奴ね。もうっ、なんであんたはそんなにお人好しなの!?『向こう的にも助かる』ってどんな発想よ」

桐山があきれ顔になる。なんだか申し訳ない。

「って今はいいや。とにかくそれはダメ！　ただでさえ伊織が抜けて人数ヤバイし、時間ないし」

「じゃあどうやって……」

「あたしが囮《おとり》になってあいつら引きつける。その間に横すり抜けて。いい？」

「でっ……でもそれだと……唯がっ！」

当然、青木がそう言う。

「あたしを誰だと思ってるのよ？　それじゃ……、行くわよっ！」

太一達の反論を待たず、桐山は男達に突っ込んでいく。小柄な桐山と屈強《くっきょう》な男達の体格差は目も当てられないほどだ。

「くっ……太一。はぁ……はぁ……もう行くっきゃねえぞ！」

駆《か》け出《だ》した青木に太一も続くしかなかった。桐山の行動を無駄にする訳にもいかない。

「おっと、君～」「そんなに急いでどこに行くんだい？」「入り口はこっちだよぉ～」

派手な挙動《きょどう》で突っ込んでくるのだから、当然、男達全員の注意は桐山に向く。

そしてその隙に、――太一と青木は筋肉質な男三人組の脇《わき》をすり抜けた。

「なっ!?」「しまった！」「こっちは囮か!?」

焦るエプロン姿の男達。しかし最早後の祭りだ。

一瞬、ちらりと太一は桐山の方を見やる。ほんの少し怯《おび》えているようにも見えた。だがキッと相手を睨《にら》みつける瞳からは、燃えるような闘争心《とうそうしん》が感じられた。

後は桐山を信じるしかない。空手時代の勘《かん》は、まだ鈍《にぶ》ってはいないはずだ。が――、

「と、とりあえずこっちだけでも……よしっ、捕《つか》まえた！」

太一は耳を疑う。

最悪のセリフだった。

桐山が、捕まってしまった。

太一は急ブレーキをかけ、振り返――

「なっ……！　ざ、残像だと!?」

……今度こそ太一は耳を疑った。ここまで自分の耳を疑ったのは初めての経験だった。

「流石に人間の限界値を超えてないか!?」

たぶん、なんだかんだで悪人ではない男達三人組（エプロン姿）が、逃げられたことをノリでそんな風に言っただけだ。……と信じることにして、太一は先を急いだ。

するとあっという間に後ろから追いついてきた桐山が、太一の横に並んだ。

にっ、と笑みを見せながら、桐山は親指を突き立てる。

「かっけー！　唯！　惚《ほ》れ直《なお》した！」

青木が叫んでいる。疲れも全部吹っ飛んだようだ。

桐山は、今日もちょっと畏怖を覚えるくらいハイポテンシャルだった。

□■□

ミスコンの進行が遅れたこともあり、結果発表に間に合わないという危機は回避《かいひ》できた。後は、先に到着している稲葉と協力して屋上一個下の教室から、印刷済み『文研新聞』を取ってきて、昼花火の打ち上げ準備をするだけ……のはずだった、が。

屋上にて文化研究部は、先ほど以上の緊急事態に見舞《みま》われていた。

「ど、どういうことなんだ、これは？」

尋ねた太一に、声を潜《ひそ》めて稲葉が答える。

「……文化祭実行委員に『屋上からちょっと花火打ち上げて、ちょっと紙ばらまきます』って申請《しんせい》してたんだが、火気《かき》を扱うからって、見張りの教師がつくことになったらしい。……ったく、前もって言っとけよ、くそっ」

憎々しげに吐き捨てた稲葉の視線の先。そこにいるのは、こともあろうか今回のスクープ写真の主役、社会科の田中であった。

いつもと変わらず田中は、なにがそんなに不満なんだと問いたくなる仏頂面《ぶっちょうづら》だ。今は、屋上の端で花火のチェックを行っている桐山と青木を無言で見つめている。

「花火のセッティングは終わってるみたいだけど、この状況で『文研新聞』をばらまく準備は……やっぱ難しいよな」

田中が、同僚の女性教師と密会している写真が載っている『文研新聞』をばらまく行《こう》為《い》など、許すはずもない。

「ああ、『んなもんばらまくな！』って話になる可能性が極めて高い。この企画、もしかしたらここで頓挫《とんざ》かもしれないな……」

いつどんな時だって、うぬぼれと言えるほどの自信を見せる稲葉が、沈痛《ちんつう》な面持ちで顔を伏せた。

「嘘《うそ》だろ……」

そんな稲葉の姿に、太一も動揺《どうよう》を隠せず声を漏らす。

「なーんてことを、このアタシが認めるでしょうか？　イエス・オア・ノー」

一転、嫌らしいくらいに満面の笑みで稲葉が言った。

「……ノーだろうな。間違いなく」

一度でも、あの稲葉が諦めたと思った自分を、笑ってやりたくなる。

やると決めたならば、どんな手段を使ってでも、やる。

稲葉はそういう人間だ。

「策はあるのか？」

「あるに決まってるだろ？　そんなに怪しまれることもなく、そんなにこちらが悪いということにもならず、田中を一時的にこの場所から引き離す手が、な」

「……『そんなに』の程度問題が気になるな」

常識人モードの稲葉でありますように、と願いながら太一は呟いた。

「ただその策のためには、皆の協力が必要なんだが……。リスクもあるし……」

言う稲葉に、太一はすぐさま返した。

「いくらでも協力するに決まってるだろ。リスクだって、稲葉ならなんとかしてくれるって、みんな信じてるぞ」

力強く言った太一を見つめ、稲葉はしばらく、じっと固まっていた。

それから顔を若干伏せて、ふっ、と稲葉は微笑《ほほえ》んだ。いつもの雰囲気《ふんいき》とは少し異なる、どこか優しい笑《え》みだった。

「よし、そうだな。……と言っても、太一に出番はないんだけど」

「……ないのかよ」

意気込んだのがバカみたいになるではないか。

「じゃあ雑用だけやって貰おうかな。唯と青木を呼んできて、後アタシが今から言う場所に、消火用の水入りバケツをさり気なーく動かしてくれ。頼んだぞ、雑用係君」

「完全にただの雑用だな……」

文句を言いつつも、太一は稲葉の指示通りにする。

その間、稲葉の下《もと》に呼ばれた桐山と青木は、なにやら怪しげな策を授《さず》けられたようだ。

桐山に至っては、稲葉の話にブンブン首を横に振っていた。

しかしその桐山も、稲葉にごにょごにょなにかを耳打ちされると、今度は瞬時に稲葉の口を塞いだ上で、ブンブン首を縦《たて》に振っていた。

敵に回したくないな、と太一は真剣に思う。

ぱん、と稲葉が自分の腰の辺りを叩く。

それが合図だったらしい。桐山と青木が、それとなく距離を取るように移動した。

自分はどうしたものかと太一が稲葉の方を確認すると、指で『その場で待機《たいき》』と指示された（と太一は解釈《かいしゃく》した）。

そして、再び稲葉が腰の辺りを叩いて音を出す。

と、桐山が、

「あっ！　そろそろ紙持って来なきゃ！」

などと（びっくりするくらい棒読《ぼうよ》みで）言って駆け出した。

当然、太一の注意は桐山にいく。視界の端で、田中も同じようにそちらを向いているのが見えた。

と、今度は青木が、

「あっ！　オレの分のチャッカマン忘れた！」

などと言って駆け出した。

いったいここからどのようにして、田中がこの場所を離れる展開に持っていくのか。手に汗《あせ》を握《にぎ》って、太一は行く末を見守る。

そして目の前で繰り広げられたその策に、――我が目を疑うことになる。

まず、さっき走り出したと思った青木が、

「つ、つまずいたあああ！」

などと嘘みたいな言葉と共に盛大《せいだい》にその場で転んだ。

訳もわからずたじろいだ太一が目線を上げれば、今度は桐山が、ばったり倒れている青木に向かって突っ込んでくるではないか。

「うっ、あ、危ないっ！」

叫び、もう少しで踏んづけそうになった青木を飛び越そうと、桐山が跳躍《ちょうやく》する。

足のバネを生かし、楽々青木を飛び越えた桐山であったが、その勢いを殺すことまでは叶《かな》わない。

「わっ、とっ、とっ、とっ……」

桐山がたたらを踏む。

と、その先には、ちょうど太一が動かした水入りのバケツがある。

……オチが読めた気がした。

しかし、そんな頭の悪い策が、まさか現実に実行されるとはにわかには信じがたく、
太一は期待と不安を胸に、先の展開を待つ。

そして――、

「田中先生っ、どいて下さっ、危な……いっけえええええ！」

明らかに途中から叫んではいけないことを叫んだ桐山が水入りバケツを蹴飛《けと》ばした！

色々頭が悪かった！

強烈《きょうれつ》な桐山のキックを受けたバケツは、水入りにもかかわらず空中へと浮き上がり、

「うおおおおおっ!?」

バケツ自体は直撃することなく、図《はか》ったかのように水だけをざばーんと田中に浴びせかけた。

とりあえずもの凄く大胆《だいたん》な作戦だった。

「先生大丈夫ですか!?　これは酷《ひど》い……着替えないとっ！　替えはありますか？」

慌てた素振《そぶ》りの稲葉が、田中の下に駆け寄っていく。

「つ、冷たっ……！　……か、替えか？　ああ、あることはあるが……。その前に、まさかとは思うが、お前らわざと……」

「ああっ、本当になんて不幸な事故だ！　とにかくすぐ着替えた方がいいですよっ！」

最後は強引極《きわ》まりない勢いで、稲葉が田中を屋上から押し出していった。

田中と稲葉が出ていった後も、太一・桐山・青木の三人は、無言のまま閉じられた校舎への扉を見続けた。

しばらく経《た》って扉が開く。

そして扉から顔だけ覗かせた稲葉が言う。

「早く用意しろっ！　時間ないぞっ！」

後々問題にならないかなぁ、と太一は少々不安に思うのだった。

それからは、あっという間に時が流れていった。

まず四人は『文研新聞』を取りに行き、すぐ投下が可能なようにセット。

スピーカーから聞こえる音声がミスコンの進行具合を伝える中、大きな昼用打ち上げ花火を、各々が二本ずつ打ち上げられる体勢で構える。

途中、気づけば当たり前のように、

『――ということで一年生の部、ミス・山星高校は……エントリーナンバー四番！　一年三組、永瀬伊織さんでーす！　おっけええい！　オレもそうだと思ってたぜ～い！』

という音声が聞こえてきた。

それにしてもノリのいい司会者だった。

順調に、二年生の部、三年生の部と発表が続いていく。

ノリのよ過ぎる司会者が、ぐだぐだと時間を引っ張ってくれたおかげで余裕を持って準備できたのはよかった。

だが今度は着替えを終えた田中が戻ってきてしまうのでは、と全員でやきもきしながら時間が過ぎるのを待つはめになった。

やっとのことで司会者が締《し》めに入った時、『ちょっといいですかぁ～？』という聞き慣れた声が、スピーカーから流れた。

歓声と拍手《はくしゅ》が巻き起こる。

『どうもです！　今年一年生の部でミス・山星高校になった永瀬伊織です！　え～、実はわたくし、文化研究部という部活に所属しております。その文化研究部より、今回の文化祭における出し物があります。ということで……頭上をご覧下さい』

それを合図《あいず》に、文研部残り四人が花火に火を点《つ》ける。

じゅっ、という発射音を残し打ち上がる花火。

もくもくと天高く舞い上がるカラフルな煙《けむり》。

響き渡る破裂音《はれつおん》。

予想外の煙の量と音の大きさにビビる文研部員四人。

しかしビビりながらも、稲葉の号令《ごうれい》で文研部員達は『文研新聞　文化祭増刊号』を屋上からまき散らす。

自分達が好き勝手やった新聞が、ひらひらと空を舞う。

教師同士の密会写真を一面に、騒《さわ》ぐ群衆《ぐんしゅう》の下へと舞い降りる。

上がる歓声。

上がるどよめき。

『これがわたし達の『文研新聞』になりまーす！　宜《よろ》しければご一読下さいませ～！』

永瀬の声を最後に、太一達にやれることが全て終わる。

後は投《とう》じた一石《いっせき》が、生み出す波紋《はもん》を眺《なが》めるだけだ。

結果はまだ見えてもいないのに、気づけば太一は笑っていた。

これでもかというくらいに笑いが次々溢れ出ていた。

横を見れば稲葉も、桐山も、青木も、笑っている。

大声で、手を叩いて、無駄なバカ笑いが延々続く。

そして少し離れてはいるけれど、地上で永瀬も笑っているはずだ。

大口を開けて、太陽のような笑顔で、下手《へた》すりゃ飛び跳ねさえもして。

運動場から巻き起こる声が風に乗って聞こえてくる。

ざわめく声が、
歓喜の声が、

叫ぶ声が、
怒声《どせい》が、
奇声《きせい》が、
次から次に耳に届く。

それを生み出したのは自分達だという事実を呼び水に、尽きない笑いを零しに零す。

スピーカー越しに声が聞こえてくる。

『なんてこった⁉　この記事は事実なのか⁉　事実なんだろうなぁ、今年のミス・山星高校がいる部なんだしっ！　え？「そんなこと関係ないだろ？」、知るかっ！』

どうも司会者が観客とやり合っているようだ。

『しかもなんだよこの付き合ってはいないらしいって！　中途半端な関係が続いてるって、中学生か！　え？　なんだって、「平田先生は俺の憧《あこが》れなのに？」そんなもんオレだってそうだよっ、こんちくしょう！』

というか司会役のことを忘れていそうだ。

『え？　今度はなに？「フリーなのかそうじゃないのかはっきりさせろ」？　や、それはオレもそう思うよ。ん？　……なら今、この場で、白黒付けてやればいいじゃないか！　どうですかっ、お客さんっ！』

信じられないほどの歓声。

『やあやあ、声援《せいえん》どうも。……ってことで当人達をステージへ！　いや……それよりも

後夜祭《こうやさい》のステージに引きずり上げますか、皆さん！　よっしゃあああ、平田先生と田中先生を確保しろおおお！　キャンプファイヤー設置準備も急げええええ！　みんなっ、いくぞおおおお！』

地鳴りのような歓声と生徒達が走り出す音。

ノリのいい司会者と、祭り特有《とくゆう》の空気に当てられた群衆達のパワーは、太一達が想像もしなかったエクストラステージを用意してくれた。

……流石に大事になり過ぎた気がする。

□■□

日が傾いて、後夜祭。

沈みかけた太陽の薄明かりと、キャンプファイヤーの燃える紅《あか》が運動場を照らす。

ノリのいい司会者に率いられたハイテンションな群衆の勢いは衰《おとろ》えることを知らず、ついには、教師同士による前代未聞《ぜんだいみもん》の全校生徒＋αの前での公開告白にまでこぎ着けてしまった。

初めは抵抗していた二人（特に田中）だったが、大多数の教師陣も「もうこれだけ大々的になったら仕方ない！　ヤケクソだ！　とことんやってしまえ！」と生徒側につくと、もうどうしようもなかったようだ。

どうあれ最後は、聞いているこちらが赤面してしまうほどのこっぱずかしい告白を経て、学内全員公認の教師カップル誕生《たんじょう》と相成《あいな》った訳であるから、イベントとしてはめでたしめでたしである。

少々心配なのは、あの二人がこれからいったいどんな顔をして授業をするつもりなのかということぐらいだ。

公開告白が終わった直後は、興奮《こうふん》冷めやらぬクラスメイト達から「お前らなにやらかしてるんだよっ！」などと揉《も》みくちゃにされていた太一だったが、それも今は落ち着いていた。

多くの男子共が「俺、今日この流れこの雰囲気に乗れば……いけそうな気がするんだ」や、「ああ、このチャンスを逃したらいつ勝負すんだよって話だよな」などと口々に言い合い、気になるあの子に突撃《とつげき》していったからである。

いくら妙な熱気に乗せられていると言っても、女子もバカではあるまい。元々見込みがあった者はまだしも、それ以外は綺麗《きれい》サッパリ撃沈するだろう。

週明けの教室の雰囲気が恐ろしいことになっていそうだ。

と、校舎の方から、稲葉が一人で歩いてくる。

すぐに太一は声をかけに行く。

「おい、稲葉。どこ行ってたんだよ。『あんな写真どこで手に入れたんだ』とか質問されまくって大変だったんだぞ」

「あー、はいはい、ご苦労さん。だけどこっちも事後処理やってたんだよ」

「事後処理？　なんかあったのか？」

太一が問うと、稲葉は『こいつバカなんじゃねえの？』と思っていることが、ありありと伝わってくる顔をした。

「まさかお前、教師の盗撮《とうさつ》をやらかしてそれを全校生徒にばらまく真似《まね》して、本人達に弁解《べんかい》なしでいいと思っているのか？　バカなんじゃねえの？　いや、バカだな」

断言されてしまった。

全くその通りなので太一は反論できなかった。

「ご……ごめんなさい」

素直に謝った。

「ふんっ。ま、ともかく上手く丸めといたから心配するな」

「いったいどこをどうやれば丸まるんだよ」

是非《ぜひ》交渉現場に同行してみたかった。

「にしても、あんなもんどうやって手に入れた……はもう聞かねえよ。なんであんなもの、記事にしようと思ったんだ？　色々と大変になるってわかってただろ？」

前から気になっていたので、太一は聞いてみた。どちらかと言えば、稲葉は無駄な労《ろう》力《りょく》を極力避ける人間であるはずなのに。

少しだけ間があってから、稲葉は話し始める。

「だって、あの二人が両思いなのはわかってたから。きっかけ待ちだったんだよ、あの二人。で、なかなか踏ん切れないあのおっさんの後押しになるもん作ったら、結構な恩《おん》になるだろ。ま、それを恩と思わせられるかは、弁解の時の話術《わじゅつ》によるけど」

にやりと稲葉が笑う。

「それでさ、田中が各部活の予算編成に大きく絡《から》んでるって知ってたか？　これをネタに工作すれば、来年の部の予算を思いっ切りぶんどれるかもしれないだろ？　けけけ」

「あ、悪魔かお前は」

後、やっぱり稲葉の情報入手経路が気になって仕方がない。

「しかし結局、全ては稲葉に利《り》するようになっていた、か」

なんだからしいなぁ、と太一は思って少し笑った。

と、そんな太一の独り言は耳に入っていないらしい稲葉が、ぼそっと呟く。

「……ま、ただ単にお前らとバカやりたかった、ってのもあるけど。本当に予算ぶんどりたいだけなら、もっと他のやりようあるし」

その言葉は、太一の持つ稲葉のイメージとは少し違っていた。

「へえ、稲葉もそんな風に思ってたんだ」

合理主義《ごうりしゅぎ》の稲葉から、「バカやりたい」というセリフが出てくるとは思わなかった。

そう言ったことが、そしてそれを自分達とやりたいと言ってくれたことが、なんとなく嬉しかった。思わず太一はにやにやしてしまう。

すると稲葉が顔を赤くした。

「オイッ、なににやけてやがるんだお前っ！　笑うな！　キモイ！」

「なんだよ、照れてるのか？」

「照・れ・て・な・い！」

妙にむきになる稲葉がおかしくて、太一は余計に笑いたくなる。

「だからにやにやすんなって言ってるだろ！　あ〜〜〜っ、クソッ、太一相手だとなんか余計なこと喋っちまうんだよなー」

ちょっと口を尖《とが》らせつつ、稲葉は髪をくしゃくしゃっと掴んだ。

「……ん？　太一。向こうで伊織が呼んでるぞ、さっさと行ってこい。ほれ、しっし」

太一が振り返ると、浴衣から制服に着替えた永瀬が見えた。ぱたぱた手を振りながら、こちらに小走りで向かってくる。

「じゃあ、お邪魔虫は消えるよ」

一緒にいればいいのに、なぜかそう言い残して稲葉は離れていった。

永瀬が太一の目の前までやってくる。

「いや〜、ごめんごめん何人かに告《こく》られてた」

「スゲェあっさり言っちゃうのな!?　ちなみにクラスの奴か!?」

なかなかにびっくりだ。

「それもいたし、それ以外もいた」

「……で、どうしたんだ？」

緊張しつつ、太一は尋ねる。

「余裕で全部断った！」

「言い方のテイストがあっさり過ぎるんだよ！　『余裕』とか付けんな！」

つっこみながらも、太一は自分がほっとしているのを感じた。

……あれ？　なぜ自分はほっとしているのだろうか？

「まあ、好きと言って貰えることはありがたいし、その人達が嫌いとかじゃないんだけど。わたしはそんな気になれないというか、そんなことできないというか……」

さっきまでの、からっとした態度から、一転、今度は憂《うれ》いを帯《お》びたように揺れる声で永瀬が言う。

その急激な変化に、太一も上手く対応できない。

しかし思う間に永瀬はテンションを上げ戻した。

「それよりさっ、今日のわたし達、凄くなかった!?　あれだけ人をびっくりさせて、一つの恋を成就《じょうじゅ》させて、しかもまたその余波《よは》が凄い！　あっちこっちで告白大会だよ。いやもうこれ……伝説になるっしょ！」

ぶいっとピースサインで永瀬は笑っている。

「ああ、本当に。俺、ちょっと感動したもん」

自分達がこんなに多くの人を動かして、なにかに影響を与えて、ましてやなにかを変えてしまえるなんて思いもしなかった。

「この五人だったから、それで初めてできたことだね」

心の底から嬉しそうに永瀬は言った。

「そうだな……って素直に言いたいが、俺はあんまり活躍《かつやく》してないんだよな……」

「確かに、稲葉んは言わずもがなだし、青木はナイスアイデア出したし、わたしもミスコンで頑張ったし、唯も今日大活躍だったって聞いたし。それに比べて太一は特になにもしてないね、まさにただの戦闘員《せんとういん》A！」

「ぐはっ!?」

己で認めてはいても、他人にはっきり言われるとダメージ大だった。

重傷を負って胸を押さえている太一を見、永瀬はクスクス楽しそうに笑って、そして言う。

「でもね、やっぱり太一は、この五人の中で一番必要な人間なんだとわたしは思うよ」

——必要な人間。

恐いくらいに美しく、真っ直ぐな瞳で永瀬は続ける。

「そうじゃない場合も確かにあるけど、得てして集団でなにもしていないように見える人間というのは、実はその集団で一番大切な役割を果たしているものなんだよ？」

「そんな……ものなのか？」

「そうじゃない場合もあるけど」

「……慰《なぐさ》めたいのか慰めたくないのかどっちなんだよ」

あはは、と永瀬はキャンプファイヤーよりも明るい笑顔を浮かべる。

「少なくともわたしは太一がいてくれなきゃできなかったな、太一がいてくれなきゃ嫌だなって、思う……ん？　今のはちょっとおかしかったか？　ん？」

一人で永瀬は小首を傾げる。

「とりあえずさ、メンバーがもし一人でも欠けるか変わるかすれば、今と全く同じ結末にならなかったのは確かじゃない？　それが凄く小さいことだとしても。結局はそれだけで、誰かがそこにいる意味というものはあると思うな」

「永瀬って、時々深いよな」

素直に太一は感心する。

「……はっ！　深いわたしはお呼びじゃなかった!?　だよね、今日はお祭りだもんねってことで稲葉んと唯と青木、捜《さが》しにいこっ！　早く文研部で打ち上がらないと！」

「なんだよ打ち上がるって」そうぼやく太一の腕を取って、永瀬は勝手に駆け出した。

温かくて柔《やわ》らかな手に自分の右腕《みぎうで》が引かれるのに任せて、太一も一緒に走り出す。

笑顔だらけの人混みを、夜風を切って二人で走る。

その笑顔のいくらかは、きっと自分達が作り出したものだ。

そんなことを考えて笑い、太一も笑顔の集団の仲間入りをする。

本当かどうかわからない。

けど今日くらいは、祭りの空気に酔《よ》っていることにかこつけて、自分が一番必要な人間だという言葉を信じてみようかなぁと、太一は一人思った。

桐山唯の初体験

人格が入れ替わらなくなってから二週間ほどが経《た》ったその日は、桐山唯《きりやまゆい》にとってなんの変哲《へんてつ》もない朝のはずだった。

起床《きしょう》して（目覚まし時計が鳴る前に起きられた）。

誰《だれ》かと入れ替わっていないのを念のため確認して（もう必要ないと思っていてもやっぱりやってしまう）。

トイレに行って（便秘《べんぴ》とはあまり縁《えん》がない）。

顔を洗って歯を磨《みが》いて（お肌に化粧水《けしょうすい》と歯にはデンタルリンス）。

朝ご飯を食べて（トーストとサラダと牛乳二本）。

身支度《みじたく》をして（シャンプーを変えたおかげで自慢《じまん》の栗色《くりいろ》ロングヘアーのしっとり感はいつも以上だった）。

家を出た。

今日も普段通りの一日になればいいと思っていたし、そうなるだろうと思っていた。

しかし、そんな唯の期待は登校してすぐに打ち破られた。

下駄箱《げたばこ》に、水色の葉書《はがき》サイズの封筒《ふうとう》が入っていたのだ。

上履《うわば》きに立てかけられた封筒をじっと見つめた後、ひとまず唯は下駄箱を閉じた。

「み、見間違《みまちが》いよね……。ぜ、絶対そうに決まってるわ」

ぶつぶつ一人で呟《つぶや》きながら、唯は再び下駄箱を開ける。

やっぱり、水色の封筒はそこにあった。

デフォルメされた白い雲と小鳥が描かれていて、とても可愛《かわい》らしい。

バクバク。

心音が耳にうるさい。

下駄箱、手紙、そこから予想される内容は……でも待った。今時、そんな古風《こふう》なことやる？　しかも女の子ならまだしも男子が？　ちょっと違和感《いわかん》。ううん、大分違和感。じゃあこの手紙はなにか他の内容が？　でもメールがあるのに手紙で伝えなきゃいけないことって——。

「おはよう、唯」

「うぇっっしょーいっ！」

唯は神速《しんそく》で封筒を引《ひ》っ摑《つか》むと鞄《かばん》の中にしまった。

振り返ると、クラスで一番の親友がぎょっとした顔をしていた。

「おっ、おはよう雪菜《ゆきな》」

「……おはよう。あんた朝からなに大声で変なリアクションしてるのよ。注目浴《あ》びちゃってるじゃない」

「あ、えと……、ごめん」

「まあいいけど。で、あんた今なんか鞄の中に入れてなかっ——」

「入れてない！　入れてない！　入れてないっ！」

唯はぶるんぶるんと首を振る。

「はいはい、入れたのね」

「えっ、だ、だから違うって」

「違うって言うのならせめてもう少し上手《うま》く嘘《うそ》をつけ」

漫才《まんざい》のつっこみ風に、雪菜が唯の胸をぴしっと叩《たた》いた。

「はぁ、ピュアなのはいいけどお姉さんはあんたの将来が心配だ。いつか悪い男に騙《だま》されそうで恐い」

そんなことない……と言いかけて、唯は尻切《しりき》れトンボに口をもごもごさせる。

「ごめんごめん、拗《す》ねるなって。別に嫌なら見せろとは言わないから」

「拗ねてないわよっ」

「あ〜、いちいち可愛いな、この子。ていうか早く教室行かない？」

「あ、ちょ、ちょっとその前に行くところが……」

「朝っぱらからなんの用事があるのよ？」と訝《いぶか》しむ雪菜を振り切り、とりあえず一人になれる場所、ということで唯は東校舎《ひがしこうしゃ》裏に来ていた。

トイレでもよかったのだがなんとなく嫌だった。

こう、雰囲気的《ふんいきてき》な理由で。

唯は改めて水色の封筒をじろじろと眺《なが》める。

これはもしかして『あれ』なのか。まさか。ぐるぐると頭が混乱して体が熱くなる。

ひっくり返すと、赤いハートのシールで封《ふう》がしてあった。

もう、どう見てもラブレ……いやいや違う。まだ確定ではない。

落ち着け。早とちりの可能性だってあるのだ。自分に言い聞かせて、唯は二回深呼吸をした。

「ま、まあ、ともかく開けてみないとわからないわよね」

心細いので独《ひと》り言《ごと》を呟いてから、唯は封のシールを剝《は》がした。

間を空けずに、わざと鼻唄《はなうた》交じりで中身を取り出す。便箋《びんせん》が一枚入っていた。

「うう……緊張する……」

目を細めて、ゆっくりと便箋を開き、一行目に目を通す。


『桐山唯さんへ』


入れ間違いという線は消えた。これが自分に宛《あ》てられたものであることは確定。

次にどんな言葉が躍《おど》るのか。高まる鼓動《こどう》を抑えつつ、唯は次の行に目を移す。もし『あれ』だとしても、いきなり本題が書いてある訳ではなく、たぶんこちらを呼び出すような内容になっているはずだ。とにかくゆっくり心の準備をしながら読んでいこ——。

『あなたのことが恋愛対象として好きです。今日から一週間、放課後《ほうかご》部活終わりの時間に、講堂《こうどう》の裏で待っています。都合のいい時に来てください。来てくれなければ諦《あきら》めます。後、できればこのことは誰にも言わないでください』

「一気に読んじゃった！　完全にラブレターだ！　ていうか紙面上で告白しちゃうの⁉　やっぱりラブレターってそういうもの⁉」

軽く、パニック。

とりあえず意味もなく空手《からて》の型をやってみた。

「はっ！　やっ！　えいっ！」

よし、少し落ち着いた。……嘘だ。全然落ち着けていない。

完全に告白されてしまった。なるべく避けようとしていたのに。告白されたことがない訳ではない。特に高校生になってからは青木《あおき》とか青木とか青木がしょっちゅう好きだと言ってきている。

でも、まだ自分はどの男子とも付き合えない。

まだ男性恐怖症《だんせいきょうふしょう》を完全に克服《こくふく》したと言い切れない自分には、できない。

「……直接会って断らなきゃいけないよね、あたしのこと好きだって言ってくれてるんだし……。ああ……気まずいというか申し訳ないなぁ、ホント」

ちゃんとその人を見るとかどうとか以前に、『男である』だけで土俵《どひょう》に乗せてあげもしないなんて、相手も納得できないだろう。

適当な嘘をでっち上げなければならないと思うと、気分が沈《しず》む。

「あ、そういえば送り主は誰なんだろ……」

未確認だったことを思い出し、唯は便箋の下の方に書いてある名前を読む。


『一年三組　大沢美咲《おおさわみさき》』


ん？

見間違いだろうか。

晴れた空を見上げ、幾度《いくど》か目をパチパチさせてからもう一度名前を見る。


『一年三組　大沢美咲』


「えーと…………女？」

男じゃなくて、女。

自分も、女。

女から女への、ラブレター。

「…………女ぁ!?」

桐山唯、生まれて初めてラブレターを受け取り、生まれて初めて同性から告白される。

ある秋の日のことだった。

◇◆◇

ラブレターにより告白を受けたその日、桐山唯は一日中授業そっちのけで物思いにふけっていた。

自分は今まで、誰とも付き合ったことがない。

ちょうど恋愛を意識し始める年齢《ねんれい》の頃に、とあることがきっかけで、自分は男に恐怖を感じるようになってしまった。

男が別種《べっしゅ》の生物に見え、近づくだけで気分が悪くなる時期《じき》すら、ほんの一時期だがあった。

強過《つよす》ぎる拒絶反応《きょぜつはんのう》が消えてからも、極端《きょくたん》に接近されるとダメで、男は自分にとって恐くて異質《いしつ》な存在であり続けた。

そんな風に感じている自分が、男を好きになれるはずもない。

だから、『恋』についてなんて考えたこともなかった。

友人が恋バナをしている時だって、自分には縁遠《えんどお》い話だなーと曖昧《あいまい》に聞いていた。

そこは、自分が触れられない別世界だったのだ。

ただ、今の自分は色々あって男性恐怖症が薄《うす》れてきている。徐々《じょじょ》に、前に進んでいけたらなと考えている。

大切な友人に誓《ちか》って、それは確かだ。

けれど、数年間体に染みついたことが一瞬で消える訳もない。今でも、付き合うだとかどうだとかの話を考えられるほどには至《いた》っていなかった。

至って、いなかったのである。

が。

もし恋愛対象を『女』にしてしまえば、——自分が『恋』をできない理由など全て吹き飛んでしまう。

なんというパラダイム転換《てんかん》。

まさしく世紀《せいき》の大発見。

正直な話、『恋』ができるというのなら、……経験してみたいと思わなくもない。女が相手だったら、自分が抱えている問題はなくなるのだから——。

でもでも、と唯は頭を振った。

同性同士の恋愛なんておかしい。ダメだ。変だ。恋愛は異性同士がやるもの。そう決まっている。——決まっている？　決まってはいないかもしれない。いくつかの国では近頃同性結婚を認めているらしいし。でもダメ。やっぱダメ。——じゃあなんでダメ？

理由は？　理由が思いつかない。やっぱり赤ちゃんができない的な……。でも、高校生の恋愛にそんなこと求める？　求めない。じゃあ別に女の子同士だっていいのではないか。でも周りの目がある。――周りを気にしなくちゃいけないもの？　『恋』はなんのためにするもの？　そもそも『恋』ってなんなの――。

「――唯っ、こらっ」

「あいたっ!?」

頭を叩かれて唯は我に返った。目の前には呆《あき》れた顔をした雪菜がいた。

「もうホームルーム終わってる。いつまでぼーっとしてんの」

「え？　あ……、ホントだ」

クラスの皆は帰り支度をしているし、気の早い子達はもう教室から出ていっていた。

「はぁ、本当に気づいてなかったの？　あんた今日一日中うわの空ね」

「うう、ゴメン」

「別に謝らなくていいから。ほら、早く帰る準備して。途中まで一緒に行こ……あ〜、やっぱいいや。恋人候補《こうほ》君が来たから」

「こ、こ、こ、恋人っ、なんて……！」

「なんでいつにもまして狼狽《ろうばい》してんの？　じゃ、また明日……は創立記念日《そうりつきねんび》で休みだ。また明後日《あさって》ね。間違って学校来るなよ。後、藤島《ふじしま》さんからちょいとお話があって、みんなで遊びに行くのも延期《えんき》になってるからね、昼休みに聞いたことちゃんと覚えてる？」

「え？　あ、創立記念日か……」

「……なんか今日はとことん調子悪いな、この子。話を覚えてるかすっごい不安。まあいいや。忘れないように、夜にでもメールか電話してあげる。じゃね」

雪菜が唯の下《もと》を離れていく。

そして入れ替わりに、バカがやってきた。

「唯～！　部室行こうぜ～」

なにが嬉《うれ》しいのか緩《ゆる》み切った表情の、長身優男体型《ちょうしんやさおとこたいけい》、青木義文《よしふみ》だった。

「ああ……、あんたか」

「なにそのローテンション!?　これから部活でオレといれるのに嬉しくないの!?」

「ひとっっっっっつも嬉しくない！」

「た、タメが半端《はんぱ》ない……」

がくんと項垂《うなだ》れてから、またすぐ顔を上げへらりと笑った青木を見て、唯は思う。

こいつは、今日自分が女の子から告白を受けたと知ればどうするのだろうか、と。

自分のことをずっと好きだ好きだと言ってくれている、この男は。

この男はなにを思って、自分を好きだと言っているのだろうか。

◇
◆
◇

放課後、文化研究部《ぶんかけんきゅうぶ》部室。

文研部員達は今日も五人で集まって、集まった割に各々《おのおの》が好きなことをやっていた。

八重樫太一《やえがしたいち》は、毎度の如《ごと》く本日の復習と明日の予習だ。

「よし、とりあえずこれは終わった、と」

一旦シャープペンシルを置き、ノビをしながら太一は部室を見渡した。

太一のすぐ横では、永瀬伊織《ながせいおり》と青木義文がオセロで対戦している。

終盤戦《しゅうばんせん》に差しかかった盤上《ばんじょう》は、そのほとんどが白で埋《う》め尽《つ》くされていた。

「ふふふ、どうするんだい青木君？　まさか二試合連続パーフェクトゲームをわたしに献上《けんじょう》してくれるのかな？」

永瀬が作った悪党《あくとう》っぽい声で言う。ふらふらと体を動かすのに合わせて、括《くく》られた後ろ髪が揺れている。

「強え……！　強過ぎるって伊織ちゃん……！」

ちなみに太一も青木には圧勝《あっしょう》できる（流石《さすが》にパーフェクトをやったことはないが）。

トントン、と机を叩く音がしたので、太一は反対の方に目を向けた。

「おい、唯。お前さっきからなにしてるんだよ、気が散るんだよ」

ぴしりと背を伸ばしノートパソコンへ向かっていた稲葉姫子《いなばひめこ》が、桐山唯を流し目で睨《にら》んだ。

「えっ、べ、別になにもしてないわよ」

鋭《するど》い眼光《がんこう》に晒《さら》され、桐山がもぞもぞと体を動かす。

全体的にシャープでクールな印象の稲葉と、小動物系の桐山との対比は、ハブと怯《おび》えたハムスターを連想させた。

「さっきからずっとごそごそしてるだろうが」

確かに稲葉の言う通り、桐山は部室に来てからの小一時間ずっと様子がおかしかった。なにをするでもなく、ただ、そわそわしているのだ。

「べっ、別にそんなこと……」

「しかも鞄の中身をずっとちらちら見てるし」

「な、なに言ってんのよ稲葉。見てないわよ。本当に。うん本当に。絶対本当に」

言いながら、桐山はずりずりと机上の鞄を引っ張って、稲葉から遠ざけようとする。

……びっくりするくらい、わかりやすい。

「鞄の中になんか入ってんの～」

自分の方に寄ってきた桐山の鞄を永瀬が覗《のぞ》き込《こ》む。

「だっ、だめっ！」

桐山は慌てた様子で鞄を持ち上げ永瀬から離した。

と、その拍子《ひょうし》に鞄からひらりと『なにか』が落ちた。水色の封筒だ。桐山はそれに気づいていない。

代わりに稲葉が気づいて『なにか』を拾い上げた。

「え〜、なんか気になるな〜。教えろよこいつ〜」

子供のようなキラキラとした笑顔の永瀬が桐山をつつく。

「なになに？　オレも知りたいっ！」

青木も便乗《びんじょう》して声を上げた。

三人が騒ぐ中、封筒を手に取った稲葉は、なんの躊躇《ためら》いもなく中身をあらため始めた。

あまりに自然な動作過ぎて、見ていた太一も止める間がなかった。

「えー、『桐山唯さんへ。あなたのことが恋愛対象として好きです。今日から一週間、放課後部活終わりの時間に、講堂の裏で待っています』──」

「ちょっ、なんで!?　あれ!?　稲葉っ、やめてっ！」

「唯っ、ラブレター貰ったの!?　ひゅーひゅーやるじゃん！」

「誰だ！　オレの存在を知りながら唯にアプローチする奴は!?　許さん！　ただ同士として気は許す！」

桐山がラブレターを貰ったと判明《はんめい》し、部屋の温度が上がる。正直太一も気になった。

「ラブレターくらい読まれたってどうってことないだろ？　誰かが好きって言ってるだけなんだから。『都合のいい時に来てください。来てくれなければ諦めます』──」

「読まれちゃダメなのもあるのっっ！」

　桐山がラブレターを奪《うば》い返そうと稲葉に飛びかかった。稲葉も身をよじって抵抗する。

「おいっ、そこまで嫌がるもんでもないだろっ！　ったく『後、できればこのことは誰にも言わないでください。一年三組大沢美咲』………………大沢美咲？」

　ぴたりと、稲葉が動きを止めた。

　わーわー言っていた永瀬と青木も、一時停止ボタンを押されたみたいに固まった。ついでに太一も。

「だ……、だから読まないでって言ったのに……」

「大沢美咲って……うちのクラスで陸上部の美咲ちゃん？」

　唖然《あぜん》とした表情の永瀬が呟く。

　大沢美咲は太一のクラスメイトでもある。ショートカットがよく似合う、長身のスポーツ少女だ。確かハードル走を専門にしていた気がする。

「……ま、まさか本当に読んじゃマズいラブレターがあるなんて思わなくて……すまん。このことは絶対言いふらさないから……」

　基本的に自分の非《ひ》をあまり認めない稲葉が、素直に反省していた。便箋を封筒に戻し、そっと桐山に手渡す。

　なんとも言えない嫌な空気が室内を覆《おお》う。

　非常に気まずい。

　いや、まあ、アレだ、などと言いあぐねてから、稲葉が無理に明るい声を出した。

「と、とりあえず……知ってしまったことはどうにもならんしな。で、今唯はどう断ろうか困っている、ってところか？　お詫《わ》びというのもなんだが、協力できる範囲《はんい》では協力してやるぞ？」

「え？　ああ……、いや、うん……」

視線をあらぬ方向にやって、桐山が言葉を濁《にご》す。

「なんだ、遠慮《えんりょ》するなよ。まさか断るかどうかで迷っている訳でもあるまいに――」

「ふぇっ!?」

びくりと、桐山の体が跳ね上がった。

「まさかお前……ちょっとアリかもと思ってるんじゃ」

「ち、ちがっ、えっと……うぇい」

頬《ほほ》を染め上げた桐山が顔を伏せる。

青木がオセロ盤をひっくり返す勢いで身を乗り出した。

「ちょっと待った唯！　つーか唯ってそっちの趣味《しゅみ》あったの!?」

「違う！　そうじゃない！　……そうじゃないけど、な、なんで女同士がダメなのかなって考えたら理由がわからなくなって……」

「理由もなにも女の子は男とくっつくのが一番って決まってるじゃん！」

桐山ラブを標榜《ひょうぼう》する青木が焦《あせ》っている。当然だろう。

「でっ、でも女の子にしてみれば、女の子の方がなに考えてるかわかるし安心できるじやない……。逆に男ってなに思ってるかわからなくて不安だし……」

「女同士だったら、付き合う上での最上の目的でもある『あんなことやこんなこと』がちゃんとできないじゃん！　男とじゃなきゃ！」

青木がそう叫んだ後、桐山は今までとはまた別種の驚いた表情をした。

なんだかショックを受けたようにも見える。

「あ……結局そんなことなんだ。男が気にするの、って。やっぱり男って……不潔《ふけつ》」

桐山は小さく呟いた。

無感情である分だけ、鋭く突き刺さるような言い方だった。

「いや、そういうんじゃなくて、その」

言い訳しようとする青木を無視して、桐山は手に持ったラブレターを鞄にしまう。

「あたし、今日はもう帰る。……じゃ」

言い残して、桐山は部室を出ていった。


ぱたんと、扉が閉まる。

桐山の背を追おうと青木は一旦立ち上がり、またすぐに椅子《いす》に腰を下ろした。

「や、やっちまった……。そういうことしか頭にない訳じゃないのに……」

ゴンと、青木は机に頭をぶつけた。

「変に勘違《かんちが》いされちゃったかもねー」

永瀬は困ったような表情で眉《まゆ》をひそめる。

「アタシはお前の言ったことが完全に間違いだとも思えないし、勢いで言っただけだともわかるんだが……タイミングと言い方がよくないな」

稲葉が嘆息《たんそく》混じりに続ける。

「もし唯が『そっちの道』に進んだら……青木、お前のせいだな」

「そっ、そんな可能性ありますかね⁉　そうなったら……ヤバイ……。単純計算でライバルが二倍に増える……」

「そこの心配かよ」

太一はぼそっと口にした。

「いや、でもやっぱそんな簡単に『そっちの道』に目覚めるとかないっしょ！　唯も男じゃないとダメだって気づくっしょ！　そしてオレのところにやってくるっしょ！」

「もの凄《すご》くポジティブなとこ悪いが、最後のはかなり不確定要素があると思うぞ」

念のため太一は呟いておく。

「さあ？　どうだろうな。少しマシになったらしいとはいえ——」

そこで言葉を切り、稲葉は太一の方を一度見た。

「——あいつが男性恐怖症で、多少なりとも男性不信を抱えているのは事実だ。唯は『そっちの道』に繋《つな》がりやすい要素を持っていると言える。それに、多感《たかん》な思春期《ししゅんき》の少年少女は、本当は違うのに自分はそっちだと勘違いしちゃう人も多いらしいぞ」

「オレの唯に限ってそんなことは……」

「『オレの』じゃないだろ。……後、稲葉は完全に上から目線だよな。自分も多感な思春期だよな」

たまに……というかしょっちゅう、稲葉が同世代であることを忘れそうになる。

「わたしは唯が『そっちの道』に走っても、絶対に応援してあげようと思うんだ」

「伊織ちゃんはもう唯が『そっちの道』に走ること前提《ぜんてい》!?」

「それにしても大沢のヤツが……。かなり意外だな。……そう言えば、この頃クラスで藤島と話しているのがやたら目についたような」

稲葉の独り言に、びくっと永瀬の体が震えた。

「な……藤島さん……が絡《から》んでらっしゃるんですか?」

太一の前で堂々と両刀宣言《りょうとうせんげん》をやってのけ、どうやら永瀬に興味を持っており、なぜか最近は『恋愛相談なら藤島さん』という評判《ひょうばん》が流れ出している、一年三組学級委員長、藤島麻衣子《まいこ》。

ちなみに永瀬は、藤島になにやらされて以来、対藤島の態度がおかしい。

「いや、ただ目についただけの話なんだが。そうか、藤島か。最近あいつの変な情報よく聞くんだよな。ともかく、藤島が絡んでいるとなると……」

「……もう唯はこっちの世界に帰ってこられないかもね。もしかして美咲ちゃんも藤島さんの魔の手にかかって……!」

「ホント藤島って何者なんだろうな」

最近、太一の中で気になりつつあることだ。

「ううう～、稲葉っちゃんも伊織ちゃんも不吉なこと言わないでくれよ～」

「泣くなうっとうしい。しかし唯の性格にこの流れ……。下手《へた》すりゃすぐに動きが出るぞ。あいつのことを見てやっていた方がいいかもしれんな。……もしもの時に備《そな》えて」

稲葉が思案顔《しあんがお》で呟く横で、太一も妙な展開に不安を覚えていた。

両刀の藤島に、『女同士もアリじゃないの？』という論調《ろんちょう》に傾《かたむ》く桐山。

なにが起こってしまうのだろうか。

◇◆◇

部室を出た桐山唯は、その足でグラウンドに向かった。

体育倉庫の陰《かげ》に隠れ、陸上部の練習を観察《かんさつ》する。

大沢美咲の姿はすぐに見つかった。大沢とは二クラス合同で行う体育の授業で一緒になる。運動神経《うんどうしんけい》がよく、目立つタイプなので、顔と名前をちゃんと覚えていた。

大きなストライドで全身をバネのように使い、ハードルを跳び越えている。

長身、ショートカット、目鼻立ちのはっきりとした顔。

引き締まった体にハーフパンツから伸びるカモシカのような足で躍動《やくどう》する姿は、同性の自分でも惚《ほ》れ惚《ぼ》れするくらい格好《かっこう》よかった。

「あ……うわっ」

大沢がハードルに足を引っかけて派手《はで》に転んでしまった。大丈夫だろうか。

しかし唯の心配をよそに、大沢は痛がる素振《そぶ》りも見せずに立ち上がった。何事もなかったかのようにハードルを元の位置に戻す。

ぱんぱん、と体の砂を払う。慌てて駆け寄ってきた他の女子部員に対しても、「大丈夫だから」という風に軽く手を振ってみせていた。

最後の仕上げに両手の砂をはたき落とし、スタスタと大沢は歩き出す。

大沢より、他の女子部員の方が隣《となり》であたふたしている。

とてもクールだった。

「というか、どちらかと言うとあの子の方が、同性からモテそうな気がするわね……」

なぜあの子が自分に？

自分にはもったいないくらいに思える。

……あれ？『もったいない』なんて考えるってことは……自分は女の子も『付き合う選択肢《せんたくし》』の中に入れている？

「もう訳わかんないよ……」

髪《かみ》をくしゃくしゃと掴み、唯はグラウンドにいる他の女子や男子にも目を向けた。

全体的に男子の方がごつごつしているし、大きいし、恐いし、それになんとなく……

不潔だ。

自分とは違った生物に思える。

なにを考えているのか想像がつかない。

もちろん悪いことばかりを考えているのではないとわかっている。

ある友人のおかげで、そこまで恐がらないでもいいんだと知っている。

でもだからと言って、ゼロ距離まで近づきたいと思える訳でもない。

対して女子の方は、やわらかそうだし、可愛いし、近くにいれば安心するし、ぎゅってしたくなる。

素直に、一緒にいたいと思える。

……考えれば考えるほど、男より女の方がいい気がしてくる。

でもやっぱり、そんなの変だと思うし——。

「変だなんてことないわよ」

「うおっうっとぉ!?」

突然かけられた声に、唯は飛び上がって驚いた。

声のした方を向く。

涼《すず》しげな目をした、メガネが似合う女子が立っていた。髪は後ろを纏《まと》め上げ、前は持ち上げておでこを出すスタイルだ。

「えーと、確か三組の学級委員長の……」

「こうして面と向かって話したことはなかったかしら？　初めまして桐山さん。一年三組学級委員長の藤島麻衣子です。よろしく」

ぺこりと藤島がお辞儀《じぎ》をする。

「はい、どうも、ご丁寧《ていねい》に。桐山唯です」

「大丈夫よ、わかってるから。そしてあなたが今、俗世間《ぞくせけん》のしがらみに囚《とら》われて悩んでいることも、わかってるから」

「えっ⁉　な、な、なんのこと⁉」

「さっきまでずっと思い悩んでたじゃない」

「た、確かにそうなんだけど……ってなんで知ってるの⁉　あたし口に出してた⁉」

「私くらいになれば、どんな切《せつ》なる恋の囁《ささや》きも聞き取れるのよ。大したことないから気にしないで」

「……凄く気になるんだけど」

どうしよう、思ったより変な子だ。

「とにかく私に言えるのはね、生物学的にどうとか倫理的《りんりてき》にどうとかそんな深い話はどうだっていいってこと」

「えと、いったいなんの話を……」

「重要なのは、そこに『愛』があるか。ただそれだけよ」

「『愛』が……あるか……？」

バカみたいにクサイ言葉だったけれど、なぜか心に染みる言葉でもあった。

『恋』って？

『恋愛』って？

「私はいつだって恋する乙女《おとめ》の味方よ。だから小さなことは気にしないで、大事なことだけをしっかり見つめてね。じゃ、後は桐山さんの問題だと思うから私は行くわ」

藤島はメガネをくいっと持ち上げてから、校舎の方へと去っていった。

なんだったんだ、今の。

「だいたい……藤島さんはなんでこんなところにいたんだろ？」

謎《なぞ》だ。


結局、返答をどうするかの結論も出ないまま、下校の時間になってしまった。

部活の終了と下校を促《うなが》す音楽が流れ、どこの部活も練習を切り上げだしている。

ともかく詳細を聞くことも含めて、大沢美咲に直接会ってみた方がよい。そう判断《はんだん》した唯は、指定された講堂の裏で大沢を待つことにした。

太陽はほぼ沈みかけていて、薄暗くなってきている。

しかし唯が立っている辺りは、講堂の中から照らされる光で、少し離れていても人の顔が判別できるくらいには明るかった。

「ここでいいのよね？　あ～、どうしよう～。陸上部もう練習終わるしなぁ。もうすぐかなぁ……。来ないなんてこともあったりして……。まさかここまできて、実はあのラブレターがただのイタズラだったなんてことが……！　だ、だったらどうしよう……！ただのおバカさんになっちゃ――」

「きっ、桐山さん⁉」

「はっ、はい！」

急に呼ばれて唯はびくりと跳ねた。

なぜだろう、今日は似たようなシーンばかりに遭遇《そうぐう》している気がする。

グラウンドの方から、大沢がもの凄いスピードで走ってきて、唯の前で止まった。

「ご、ごめん。待たせちゃった……？　まさか本当に来てくれるなんて思わなくて……」

「全然、そんな」

続く言葉が見つからず、唯は声のトーンを下げる。

近くで見て改めて思ったが、大沢は綺麗《きれい》で格好いい女の子だ。唯との身長差は十センチ以上ありそうだった。

そんな女の子が、今自分の目の前で「えっと、その、それで、あの……」としどろもどろになっている。

練習中はクールでどこかすました表情の大沢が、今は顔を赤く染め上げているのだ。

……なにかもやもやしたものが胸にせり上がってくる。

「てっ、手紙を見て来てくれたんだよね？　桐山さんは」

「う、うん」

「ごめんね……本当に。突然あんなこと書いた手紙渡して……。びっくりしちゃったよね……」

「謝らないでっ。そりゃ……びっくりはしたけど」

「め、迷惑に思わなかった？」

「迷惑に思ってたらここに来ないよ。だから大丈夫だよ」

優しく言ってあげると、泣きそうな顔だった大沢が、ふっと表情をやわらかくした。

胸がきゅーんとなった。

なんだ、この胸の高鳴りは。

「それでさ、あたしはまだ状況がわかってないんだけど……」

大沢が酷《ひど》く不安定な様子なので、逆に唯は少し冷静になれていた。じゃないと自分はもっとあわあわしているはずだ。

「だ、だよね。えっと、わたしは桐山さんのことがす、好きで……デートなんかできたらいいなって思ってて……」

「ちょ、ちょっと待って。それ、恋人同士って意味なんだよね？　女の子同士だけど」

「……うん。わたし中学までは女子校だったんだけど……。なんかわたしって女の子にモテるらしくって……。それで結構色々あって……。わたしの中じゃ、女の子同士もアリ……みたいな感じなんだ」

『色々』の部分がとても聞いてみたかったが、とりあえず唯は後回しにした。

「でっ、でもそういうの、女子校にいる間だけのものだって思ってて。共学に入ったから、もう終わりだろうなって思ってたんだけど……。桐山さんを見て……それで……」

目を逸《そ》らして話していた大沢が、ちらりと唯の顔を見た。

「うっ……！」

熱っぽく潤《うる》んだ瞳《ひとみ》に捉《とら》えられ、唯の胸に『なにか』がずしんときた。

「じっ、自分から告白なんて、そんなこと今までなかったし……。自分は言い寄られてそういうことしてただけだから、みたいに思ってたのもあって……こんな気持ち忘れてしまおうって考えてたんだけど……。やっぱり自分に嘘はつけなくて……。最後は藤島さんに背中を押されて、踏ん切りがついた」

「え、藤島さん？」

なぜ、ここで藤島の名前が出てくるのだろうか。

まあそれはいい。ひとまず余計なことを振り払って、唯は口を開いた。

「ええと……。うん、凄い、伝わった。その、好意を持って貰えることは、嬉しいよ。でもなんであたし、なのかな？　接点なんて、体育の授業で一緒になるくらいしかなかった気がして。特に会話した覚えもないし……」

「それは、その……」

大沢はひとしきり手足をもじもじさせた後、意を決したみたいにキッと唯を睨んだ。

競技中に大沢が見せていた目だった。

「体育の時間に走り幅跳びをやった時……。その時の桐山さんの跳躍《ちょうやく》はたぶん一生忘れないと思う。圧倒的《あっとうてき》なスピードで踏み切って、大胆《だいたん》なフォームで宙《ちゅう》を舞《ま》う姿を見て……、わたし本当に感動したんだ。この世にこんなに美しい生き物がいるんだ、って」

「ほ、褒《ほ》め過ぎだって！」

かぁーっと熱くなった頰を唯は両手で挟んだ。

「小柄《こがら》な体のどこにそれだけの力があるんだってくらい、もの凄くパワフルに躍動《やくどう》する桐山さんは本当に凄いなって思って……。それから桐山さんのことを目で追うようになって……。あれだけ運動神経がいいのに、普段は誰よりも可愛らしい女の子な姿を見て……もう気づいた時には……完全に……好きになってましたっ！」

最後は耐えかねたのか、大沢は目を瞑《つぶ》ってしまっていた。

言い切った後も、頰をピンク色に染めて、ぷるぷると体を震わせている。

ちょっとこの子、可愛過ぎやしないだろうか。

というか完全に――。

「ギャップ萌《も》え……！」

唯は、自分の中でカチッと欲望のスイッチが入った音を聞いた。

この可愛さが、男になど出せるものか！

「あの……なんで突然 拳《こぶし》を突き上げたの……？」

「あ、気にしないで。こっちの話だから」

やばい。この子、本当に可愛い。

大沢は凄くボーイッシュな外見で、普段もどちらかと言えばクールな態度を取っていた印象が強い。

なのに、今はそんな大沢が、『これでもかっ！』というくらい乙女チックモードになっている。

ギャップ。

ヤバイ。

モノスゴク。

カワイイ。

モエモエ。

「それで……、さ。もし嫌じゃなかったら、一度、デートをしてくれませんか？　ほらっ、桐山さんはわたしのことあんまり知らないだろうし、それから判断して貰ってもいいかな……って」

「デート？　デートくらいならお安いご用よっ！」

唯が言うと、大沢の顔がぱっと明るくなった。

「ほ、本当にっ⁉　いいの⁉」

「可愛いからオールオッケー！」

可愛いは、正義だ！

「じゃ、じゃあ明日創立記念日で休みだけど……空いてたりする？」

「えーと友達と遊ぶ予定が……あ、違う。予定があったんだけど、キャンセルになったんだ。確か藤島さんがどうたらこうたらとか――」

あれ……また藤島さん？　さっきから要所要所で藤島さんの名前が出てきているような……？

まあどうだっていい。

なにせ可愛いは、正義なのだから！

◇◆◇

八重樫太一の視線の先で、桐山唯と大沢美咲が、楽しそうに明日の予定を話し合いながら去っていった。

姿が見えなくなったのを確認し、太一は永瀬・稲葉・青木の三人と共に物陰から転がり出た。

もしもの時に備《そな》えて先回りしていた四人は、桐山と大沢のやり取りを全て覗き見していたのだった。

「おっけえしよったでえ！　いってまうんか！　そっちいってまうんか！　後美咲ちゃ

んキテるでえ！　やたら可愛かったでえ！」

完全にキャラの崩壊した永瀬が、エセ関西弁《かんさいべん》で叫ぶ。とても興奮しているようだ。

太一が呟く。

「いやしかし、まんざらでもなさそうな感じがしたな」

その隣では、青木が頭を抱えて唸《うな》っていた。

「なんとしても阻止《そし》を……！　そして唯のことを清く正しい道に……！」

「これ……、あるな」

ぽつりと、稲葉が漏《も》らす。

「稲葉っちゃん!?　なにガチなトーンで言ってんの!?」

「ま、いいんじゃないか、こういう展開も。唯に新しいキャラ付けができたと思えば」

「それだけで済まないですって稲葉っちゃん！」

「それでも唯は唯だしねー。わたしはありだと思うよっ」

「伊織ちゃんのピュアな心意気《こころいき》が眩《まぶ》し過《す》ぎるっ！　そうだよ！　確かにそうなんだけどさぁ～」

「元気出せよ、青木」

「太一！　その言い方ってオレが負けて落ち込んでること前提だよな!?　てか同情って一番ダメージあるわ！　でもまだだ、まだ諦めてないぞオレはっ！」

「あはは、諦めたら？」

んですか？」

「え……？　伊織ちゃん、容赦《ようしゃ》なさ過ぎませんか？　満面の笑みで毒針《どくばり》ぶっ刺してくる
「だから元気出せって、青木」

太一はもう一度言ってあげる。

「優しくされると泣いちゃうよ？　オレ泣いちゃうよ？」

「まあ青木いじりはここまでにして、だ」

「やっぱ遊ばれてたんだオレ……」

稲葉の言葉に青木はがくんと片膝《かたひざ》を突いた。

しかし太一にはそんなつもりはなかったのだが……。と、このことは口に出さないでおこう。たぶん言うと稲葉にバカにされる気がする。何事も学習、学習。

「あいつら自身が、自分達で望んでそうするのなら、アタシもとやかく言うつもりはない。ただここに藤島の介入《かいにゅう》があるとなると、黙《だま》って見過ごせないな。特に、唯にとっては一大転機《いちだいてんき》かもしれないのに」

「さっ、賛成《さんせい》！　オレ賛成！　明日のデートは絶対尾行《びこう》した方がいいって！」

「ああ、そうするのがいいだろうな」

「でもデートの尾行はあんまりよくないんじゃないか？　倫理的な見地《けんち》から」

「太一。お前バカじゃねえの？　こんな面白そうなイベント見逃《みのが》してどうすんだよ？」

稲葉に蔑《さげす》んだ目で睨まれた。

「あれ？　俺の方が正しいこと言ってるよな？」

そのはずなのに、なぜか太一が間違っているような雰囲気になっていた。

「そんな言い方しつつ、実は唯のことを凄～く心配しているのが稲葉んなんだよね～」

にやにやと永瀬に笑いかけられ、稲葉は不服《ふふく》そうに「ちっ」と舌打ちした。

「いいんだよ、んなことはどうだって……。とにかく、アタシは明日の唯のデートを尾行する！　来たい奴だけついてこいっ」

◇◆◇

下駄箱の中のラブレターを見つけてから、怒濤《どとう》のような展開に襲われた日の翌日《よくじつ》。

今日は山星高校《やまぼしこうこう》の創立記念日で、学校はお休み。

多くの生徒が棚《たな》ぼた休日を満喫《まんきつ》することだろう。

しかし、桐山唯にそんな余裕《よゆう》はなかった。早朝に目が覚めてしまってから、ぐちゃぐちゃと悩みが脳内を占拠《せんきょ》して頭がパンクしそうだ。

「昨日は勢いでデートをオッケーしちゃったけど……」

寝て起きて、いくらか冷静になった唯は、自室の中で一人呟く。

「……もしかして変に期待を持たせちゃってる？」

深く考えずに『ま、デートと言ったって、ただ女の子と二人で遊ぶだけでしょ？』くらいの甘い感覚で了承《りょうしょう》してしまった。

だが大沢美咲は、絶対にもっとちゃんとした『デート』のつもりだ。

そうなのだ。

これは、れっきとした、『デート』なのだ。

「どうしよう……。デートなんてやったことないよ～」

椅子の上で唯は手足をバタバタさせた。

「デート……デート？　あれ……デートってなんだ？　人と会ったらデート？」

言葉の意味すら曖昧になってきた。どうでもいいことかもしれないが、気になったので唯は本棚から厚い辞書《じしょ》を取り出した。

「えー『デート』……『デート』……あった」

①日付。日時。
②男女が日時を定《さだ》めて会うこと。あいびき。

バタン。

唯は辞書を閉じる。

「あ……あいびき……」

そこまで、大層なことだったとは……！

男女ではないけど！

女女だけど！

誰かに相談したい。でも誰に、なにを、どんな風に相談すればいいかわからない。第一、普通の恋バナならまだしも、ことがことだけに、全てありのまま話すことも難しい。

唯は、昨日の別れ際、本当に嬉しそうにしていた大沢の笑顔を思い返す。

大沢はどんな気持ちでこのデートに臨《のぞ》むのだろうか。

そして自分はどんな心構えで、大沢の気持ちを受け止めればいいのだろうか。

デート。付き合う。恋。恋愛。

自分には、わからないことが多過ぎる。

◇◆◇

午後一時前。

桐山唯を除く太一達文研部員四人は、郊外《こうがい》の複合商業施設《ふくごうしょうぎょうしせつ》に集合していた。

大沢美咲と桐山が昨日約束していたデート地がここなのである。

ショッピングモール、映画館、ボウリング場に複合アミューズメント施設も完備《かんび》。とりあえずここに来ておけば遊ぶのには困らない、と評判のスポットだ。

ただ少々遠いので、『山星高生におなじみの』という感じではない。そのため知り合いとの遭遇率《そうぐうりつ》が低く、山星高生がデートするにはもってこいなのだとか（情報収集と情報分析《ぶんせき》が趣味の稲葉曰《いわ》く）。

太一達は四人並んで階段の踊り場に陣取り、噴水《ふんすい》が設置された広場を視界に収める。そこに一時半待ち合わせ、のはずである。

「にしてもどうなるんだろうなぁ。どう思う？　やめておいた方がいいとかなんだかんだ言ってたくせに、結局やってきた八重樫君？」

嫌みっぽい口調で稲葉が聞いてきた。

「一人でも尾行するなら、二人だろうが三人だろうが……ごめんなさい。本当は興味をそそられたところと仲間はずれになるのが嫌だったのが大きいです、はい」

稲葉に睨みつけられて太一は言い訳をやめた。

「興味半分なんて生半可《なまはんか》な気持ちでは来て欲しくないなっ！　ここは戦場だぞっ」

「青木は気合い入り過ぎだろ、絶対」

双眼鏡《そうがんきょう》を首にぶら下げ、先ほどから準備運動に余念《よねん》のない青木に太一はつっこむ。

「あーあ、唯はいつ美咲ちゃんのことを紹介してくれるのかなー？」

「昨日もだったけど伊織ちゃんの中じゃもう二人は付き合っちゃってるの⁉」

「デートするって……ねえ？」

「うぬぬ……！」

「結構お似合いだと思うんだよね、あの二人」

「ぐおお……！」

「永瀬……。このままじゃ青木の体力が持たなくなりそうだから、そこら辺にしといてやってくれ」

「うぃっす。太一に言われちゃ仕方ないね」

永瀬はイタズラっぽい笑みで両手を挙《あ》げた。

しかしこんなジャブで悶絶《もんぜつ》している青木は、本物のメガトンパンチが飛んできた時にはどうなるのだろうか。

「ところで現実問題の話なんだけど、四人で尾行って……バレやすくない？」

「大丈夫だ、心配するな」

永瀬の問いに、稲葉は自信ありげに頷《うなず》いた。

稲葉のことだから、なにか策を考えているのだろう。どんな策を——

「なんたって、恋する乙女は自分達しか見えないからな」

——なんの策でもなかった。

「無理があると思うんだが……」

太一はつっこまざるを得なかった。稲葉流のボケだろうか。

「なるほど、流石稲葉ん」

「……しかも納得するのかよ」

自分の方がみんなとずれているのかな、と太一は少し心配になった。

お昼になるまで、唯は悶々《もんもん》と悩みに悩んだ。

悩みに悩んで、最終的に唯は、――完全に開き直った。

ともかくも約束を破《やぶ》る訳にはいかないのでデートには行く。その後のことは出たとこ勝負で考える、ということにした。

頭の片隅《かたすみ》で『それってただの問題の先延ばしだよね？　なにも解決してないよ？』なんて声が微《かす》かに聞こえてきたが、気にしない、気にしない。

どんな服を着ていくかも、唯に難題《なんだい》として立《た》ち塞《ふさ》がった。

なんと言っても、デート、なのだから（しかも相手は女の子）。

手を抜くなんてもってのほかだし、かと言って気合いを入れ過ぎていると思われるのも嫌だ。

結局散々迷ったあげく、襟《えり》と袖口《そでぐち》にチェックの模様《もよう》が入ったシャツとプリーツスカートのシンプルなスタイルにした。

たぶん、これくらいがちょうどいいのだ。

また頭の片隅で『ただ悩んでいる内に時間がなくなって、手近にあるやつを選んだだけじゃないの？』なんて声が響いたが、こちらも気にしない、気にしない。

約束の時間の二十分前に、目的地周辺に到着した。

平日ということもあって、ガラガラとまではいかないまでも、人影はぱらぱらとまばらだった。

「えーと、噴水のある広場、と。うわー、緊張してきたなぁ」

唯がきょろきょろと視線を巡《めぐ》らせながら歩いていた、その時だ。

「「あ」」

待ち合わせ場所に着く前に、ばったり大沢と出くわした。

「え……あっと……あの」

「あ……ええと……その」

心構えができていなかったので、とりあえずお互いに慌てる。

と、大沢が一度、二度と深呼吸をした。

それから、にこりと笑った。

「こんにちは、桐山さん。今日は楽しもう」

言って、大沢は更に笑みを深くする。

下はロールアップしたデニムパンツ、上はカットソーにカジュアルなグレーのジャケットを重ねている。

なかなか、いやかなり、かっこ可愛い（格好いいと可愛いを組み合わせた合成語《ごうせいご》）。

唯のテンションゲージがぐぐっと上がった。

「いきなりの先制パンチとは……やるわね」

「え？　なんの話？」

「大丈夫、気にしないで。とにかく、グッジョブ」

うふふ、と唯は思わず笑みを零《こぼ》した。可愛い女の子は、本当に目の保《ほ》養《よう》になる。

「桐山さんてたまに変なスイッチはいるよね……。そういうとこも……結構いいかも」

「や、や、そんな褒められても……」

唯は顔の前で手を振った。顔が熱い。

「というか、来たタイミング全く一緒だったね。『待った』、『今来たとこ』ってくだりやりたかったのに」

大沢がぺろりと舌を出して笑った。

昨日あった緊張は大分和《やわ》らいでいるらしい。

大沢はいつも通り、といった感じの雰囲気だった。

いや、いつも学校ではもう少し固いというかクールな印象だ。今の方が、より自然体に見える。

大沢が普段は見せない表情を、自分の前で見せてくれているという事実。

なんだか胸が、きゅんとなった。

今までに覚えがない新鮮《しんせん》みのある感覚だ。

「でも逆に、一緒のタイミングで来るなんて……運命を感じちゃうかも」

「う……運命なんて、そんな……あわわ」

ボンッと頭が沸騰《ふっとう》した。

「あはは、冗談だって。そんなので運命を感じてたら、キリがないよ」

「え？　あ、だよねー」

「じゃ、立ち話してもなんだし、行こっか」

「う、うん」

歩き出した大沢に唯はついて行く。

よかった。どうやら大沢がリードしてくれるらしい。なにをしたらいいかわからないので助かった。

唯はほっと溜息《ためいき》をつくと同時に、デートってどんなものなんだろうなぁ、と心の中でちょっぴり期待を膨《ふく》らませた。

◇◆◇

大沢と桐山が順調にデートしていく姿を、太一達四人はこそこそ物陰に隠れながら見守っていた。

大沢と桐山の二人が手始めに選んだのは、ウィンドウショッピングだった。今は小《こ》洒落《じゃれ》た雑貨屋《ざっかや》に入っている。

尾行などできるのだろうかと太一は心配していたのだが、案外なんとかなった。おそらく二人が自分達の世界に入っているのが大きいだろう。

「……にしてもこれは近づき過ぎだろ」

音量に注意しながら太一は言う。

ばれないことに勢いづいた太一達尾行班四人は、棚一つを隔《へだ》てただけの距離にまで接近していた。大沢と桐山の話し声が聞こえるほどだ。

「一回くらい会話を聞いておきたいじゃないか。雰囲気もよりわかるし」

稲葉は余裕綽々《よゆうしゃくしゃく》だった。自信の根拠《こんきょ》を問い詰めたい。

「しかも四人でなんて……」

「だから、そう言うならお前は来なけりゃいいじゃねえか」

「いや、でも俺はみんなが無茶しないように見守る使命《しめい》が……」

「なにそのツンデレ女のテンプレもどきの発言？　自分で言っててサブくないか？」

「さぶくはないだろっ」

……と、信じたい。

「こらっ、そこの二人うるさいってばっ」

永瀬が二人を注意し、その後首を傾《かし》げた。

「あれ？　なんか前にもこんなことあったような……」

「とにかくね、三人とも静かにした方がいいんじゃないかな。マジで」

耳の裏に両手を当てる青木の目は真剣だった。

……本当よ、これ以上騒ぐなら潰《つぶ》すわよ……。

ぼそっと、永瀬や稲葉ではない誰か他の女性の声が聞こえた。

「だっ、誰だ!?」

太一は首を巡らす。が、近くに他の人影はない。気のせいだろうか？

『あ、見て。このメガネ可愛いと思わない、桐山さん？』

『お～、似合ってる似合ってる。すご～くインテリジェンス！』

『本当に？　ありがと。桐山さんもかけてみなよ』

『え～？　でもあたしにメガネ似合うかなぁ……』

『いいじゃん。かけてみなって』

『う～ん、わかったわ……。どう？』

『やっぱ似合うじゃん。ほらっ、鏡見てみなよ』

『おお……思ったよりいけてるかも』

『携帯で写真撮ってあげようか？』

『え～、いいよ～。あ、それよりあっちのカップも可愛くない？　見に行こうよ』

大沢と桐山が、別の棚へと向かっていく。

開けた場所に行ってしまったので、太一達は接近を断念《だんねん》した。

「なんか、効果音をつけるなら『きゃっきゃうふふ』って感じだな」

「うん、遠目から見てた時もそうだったけど、普通に楽しそうだね」

稲葉の呟きに、永瀬が応《おう》じて頷いた。

「ま、まだだ。というかあの雰囲気はただの友達のはずだ……！」

「青木。落ち込まなくても、今度略奪愛《りゃくだつあい》の方法でも一緒に考えてやるよ」

「稲葉っちゃんはもうオレが敗戦《はいせん》した後のことを考えますか!?」

「本当のことを言えば、敗戦ってのもおかしな言い方なんだけどな……」

太一は誰に向かってでもなく口にする。

「美咲ちゃんもいい子だな〜。あ、もうこの際美咲ちゃんも文研部に入れちゃおっか。兼部《けんぶ》でも構わないから」

永瀬は相変わらず勝手なことを言っていた。

◇◆◇

複合アミューズメント施設に移る前に、唯達は少し休憩《きゅうけい》することにした。

「じゃあわたし飲み物買ってくるね」

「うん、お願い」

ベンチに座った唯を残し、大沢が離れていく。

ついて行こうかとも思ったが、少し一人で考え事をしたかったのでやめた。

唯は大沢の背を見送る。

あれが自分とデートしている人なんだと思うと、胸がもやもやする。

「なんだろう……これ」

一人呟いて、唯は胸の辺りを両手で押さえた。

心臓《しんぞう》が、とくんとくんと脈打《みゃくう》っている。

別に、普通に女の子と二人で遊んでいるだけなのだ。

友達と二人で出かけたことなんて、幾度となくある。

それとなにか変わるところがあるかと言えば、そんなことはない。

やっていることは友達と遊ぶ時と同じだ。デートだからとなにか特殊《とくしゅ》なことをやっている訳でもない。

なのになぜか、デートと意識するだけで、凄くドキドキするのだ。

自分を好きと言ってくれる人と歩くだけで、まるで世界が違って見える。

不思議《ふしぎ》だ。

自分は大沢に……恋……をしたのだろうか？

「いやいやそれは違うそれは違うっ」

まだ恋をした訳ではない。もちろんいい子だし好きだけど、その『好き』は恋愛感情の『好き』ではないと思う。たぶん。

じゃあどうなれば『自分は恋愛感情ありで人を好きになった』、と言えるのだろうか。わからない。

ただ今は、『恋』っていいものなんだろうなぁ、ということだけがなんとなくわかった気がしていた。

「……ん？　なんだかスパイシーな香りが……くしゅんっ」

くしゃみが出た。

大沢がいないところで出たくしゃみでよかった、と必要以上にほっとしている自分に、なんだか変な気持ちがした。

◇◆◇

大沢が一人で歩いて行き、桐山だけがベンチに残る。

その様子を、太一達は二階のバルコニーから眺めていた。

二人はウィンドウショッピングを終えたらしい。桐山が座っている場所は複合アミューズメント施設へと続く道の途中だ。これからそちらに行くつもりだと思われた。

「あ、恋する乙女の表情だ」

大沢の背を見送る桐山の姿を見ながら稲葉が言った。

「恋する乙女だと……もうダメだ……もう耐《た》えられん……！」

青木がずんずんと階段の方に向かって歩き始めた。

「お、おい、なにしてるんだよ」

「止めないでくれ太一……。負けるとしてもこのまま終われるかっ」

「落ち着きなって、青木」

永瀬も止めに入る。

が、青木は制止を無視して走り出した。

「今からでももう一度勝負してやるんだ……！　じゃないと死んでも死にきれ——あいだっっ!?」

そして、思いっ切りずっこけた。

「いててて……。な、なんだ!?　急に柱の陰から誰かの足が……」

「あなたの『愛』もわかるけど、今は二人の恋路《こいじ》を邪魔《じゃま》しないでくれるかしら。今いいところなのよ」

メガネが、太陽の光でキラリと輝く。

姿を現したのは、かねてから本件への関与《かんよ》が確実視されていた、一年三組学級委員長、藤島麻衣子だった。

「ふ、藤島さんっ!?」

「ついに出てきたか藤島」

驚く永瀬の横で、稲葉は不敵《ふてき》な笑みを浮かべている。

「藤島……。というか稲葉はこの展開を予想していたのか？」

待ってましたと言わんばかりの態度に違和感を覚えて、太一が訊《き》いた。

「当然だろ？　第一、今日尾行していたのは藤島を牽制《けんせい》する意味合いも大きいんだぞ？

変な介入をされて変な方向に持っていかれないためにもな」

「知らなかったぞ……。教えてくれてもいいのに」

「変な方向だなんて心外な。正しい方向よ」

「一般常識的には女同士が正しい方向とは言わないと思うんですけど、どうですかね、
藤島さん？　あはは」

永瀬が言う。なんとか藤島のロックオンから逃れたい意思《いし》が見え隠れしている。

「一般常識的なんて……『愛』の前では無力よ」

「ぐ……ダメだ……。この女正攻法じゃどうにもならないっ」

永瀬が額《ひたい》を押さえて天を仰いだ。

「とにかく！」

藤島が大きく声を張り上げる。

「大沢さんと桐山さんの邪魔をさせる訳には、いかないわ」

「じゃ、じゃあオレの恋路は――」

「青木君、よね？　一つ聞くけど、あなたは桐山さんに愛されている？」

「愛されてる……かは……」

「なら、あなたに資格はないわね」

「なっ、なんだよ資格って――」

「その通りだ青木」

青木の言葉に稲葉が割り込み、続ける。

「藤島、お前にだって人のことをとやかく言う資格ないだろうが」

「そ、そうだ！　いいぞ稲葉っちゃん！　ということでオレは今すぐ唯の下へ……」

「だから、ダメって言ってるでしょ」

青木の行く手を、藤島が遮《さえぎ》る。

「なにやってんだ青木！　そんな女程度突破《とっぱ》できないでどうするんだっ」

「フェイント使え〜！　フェイントから右行け〜！　やっちまえ青木ぃ〜！」

「稲葉も……永瀬も……。なんか本来の趣旨《しゅし》忘れてないか？」

騒ぐ二人を横目に太一は呟いた。

「聞き分けのない人達ね……！　こうなったらこれを投入するしかないわ……」

藤島が、肩にかけていたバッグからなにかを取り出す。

「喰《く》らいなさいっ！　こんなこともあろうかと昨晩作った、安全配慮《はいりょ》マイルド仕上げ、払って洗い流せば問題なし、でも払ったり洗い流したりしなきゃいけないからそれなりに足止め効果があるコショウ爆弾《ばくだん》！　とうっ！」

「ぐはっ!?　ごほっ！　ごほっ！　は……くしょん！　ごはっ!?」

藤島の攻撃をもろに喰らった青木が、くしゃみ混じりにむせかえる。

「そっちにもとうっ！」

太一達の方にも藤島がコショウ爆弾の投擲《とうてき》をかます。

「ごほっ！　な、なにしやがるんだお前はっ！　目……目が……」

「けほけほっ！　な、なんでわたし達まで……！」

ダメージを受けた稲葉と永瀬が悶《もだ》える。

「あら？　成分はたっぷりの思いやりでマイルドにしたんだけど量が多かったかしら？　は……はくしゅん」

「ごほっ！　……マイルドにする思いやりと常識があったらそんなもの使うなっ！」

太一は渾身《こんしん》の力でつっこんだ。

「……まあこれで足止めできたでしょ。その間に稲葉さん達が大沢さん達を見失ってくれれば……あ。しまった！　今大沢さん達も休憩して足を止めてるんだったわ……！」

藤島は、たまに余計なところで天然を発揮《はっき》する。

◇◆◇

アミューズメントゾーンにて、唯と大沢は、画面を見ながら光るボタンを押していく反射神経《はんしゃしんけい》ゲームに挑戦《ちょうせん》していた。

「せいっせいっせいっ！　……せいっ！」

ゲーム終了を知らせる電子音が鳴り、唯は光るボタンを押すのをやめる。

更《さら》に派手《はで》な電子音が鳴る。

どうやら唯と大沢が協力プレイで出した記録は、そのゲーム台における歴代《れきだい》最高得点だったらしい。

「イエス！　これってそこそこ凄いんじゃない？」

「そこそこどころじゃないって桐山さん……。一人で十個中七個のボタンを担当してノーミスってどんな反射神経してるの……？」

大沢は驚きを通り越して呆《あき》れ気味だった。

と、周りのざわめきが唯の耳に届く。

「あの子達凄くない？」「うおお、なんだよあの点数!?」「このゲームであんな点数出せんの？」「俺達見てたけど、特に小さくて長髪の子がヤバ過ぎ。人間業《にんげんわざ》じゃねえ……」

なんだか注目を浴びてしまっていた。

「向こうの方に行こうか」

「う、うん」

大沢の提案《ていあん》に頷き、唯達は人の視線を逃れて移動する。

「あ、トイレ行ってきてもいいかな？」

途中、トイレの標識《ひょうしき》が見えたところで大沢が言った。

「じゃあ、ここで待ってるよ」

一人になったところで、唯は両手を挙げてう～んと背伸びをした。

とりあえず、とても楽しい。

「こんなのだったら何回やってもいいかなぁ、……なんて」

なんて、ね。

でももしかしたら、本当にアリなのではないだろうか？

そんな考えが、唯の頭の中に浮かぶ。

付き合う、という意味はわからない。

女の子と付き合うことが、いいことなのかもわからない。

けれど、大沢が自分を好いてくれているのは確か。

自分が、自分を好きと言ってくれる人と遊んでいて楽しいのは確か。

付き合うと言っても一緒に遊ぶだけならば？

変なことをしないのならば、それで楽しいのならば、大沢だって喜んでくれるし悪くはないのかもしれない。

別に深く考えなくたって――。

「……ん？　なんか聞き覚えのある声が……」

向こうの方から、聞こえてくる。

知り合いだったら……、あまり見つかりたくない。

そう思った唯は、知り合いかどうかを確認しようと声のした方に歩を進めた。

◇◆◇

「あなた達……もしやと思っていたら、まだ諦めてなかったのね。ここまでされてもまだ二人の恋路を邪魔しようというのね」

「ざけんじゃねえぞ藤島！　物理的攻撃まで加えやがって！」

様々なアーケードゲーム機や卓球台《たっきゅうだい》、ビリヤード台、ダーツコーナーなどがあるアミューズメントゾーンにて、藤島と稲葉が睨み合う。

藤島のコショウ爆弾攻撃を喰らった太一達は、洗面所《せんめんじょ》に駆け込む羽目《はめ》になり、かなりの時間足止めをされることになった。

その後キレ気味の稲葉を太一と永瀬がなだめ、「もうオレの青春は終わったんだ……」とKO寸前の青木を同じく太一と永瀬がなだめ、なんとか大沢と桐山が向かったと思われる複合アミューズメント施設を探索《たんさく》していると、またもや藤島と遭遇したのだ。

どうやら待ち伏せされていたらしい。

「もういいじゃない。二人の好きにさせてあげましょうよ」

「本当にあいつらが好きにやっているのならいい。が、どうもアタシにはお前が好きにやっているだけにしか見えない。どうなんだ藤島？」

「またまた心外《しんがい》な。私は彼女たちの意思を一番に尊重《そんちょう》しているわよ」

「それで唯を『そっちの世界』に引き込もうって？　胸張って正しいと言えるか？　まだ染まり切っていないのなら、健全《けんぜん》な道に戻してやるべきじゃないのか？」

「『健全な道』ってなんなんでしょうね？　いったい誰が決めたのかしら？　ま、ここら辺の議論《ぎろん》をしていても決着つきそうにないわね」

藤島が溜息をついて掌《てのひら》を上に向けた。

「確かに、な。じゃあこうなったら……なにかで勝負して決めるしかないなっ！」

びっと稲葉が藤島を指さした。

「おお、『話し合いがもつれたら勝負してしまえ』とは、まさにプロレス的発想じゃないか……！」

「太一、プロレスたとえは誰にも伝わらないから言わない方がいいと思うよ」

永瀬に注意される。

だが、自重《じちょう》する気はさしてない。

男には、譲《ゆず》れないものがあるのだ。

「いいわよ。種目は？　勝手に選んで貰っていいけど」

「舐《な》められたもんだなアタシも……。なら完全なる実力勝負、卓球でどうだ！」

「オーケー。で、こっちが勝ったら大沢さんと桐山さんの交際《こうさい》を認めるということね」

「ならオレ達側っつーか、稲葉っちゃんが勝ったらオレと唯が交際するという……」

いつの間にか復活した青木が言う。

「ご自由に。私は負けるつもりなんてないから」

「おお、おっしゃー！　頑張れ稲葉っちゃん！　つーかオレが戦おうか⁉」

「青木の出る幕《まく》などないさ。アタシがこの手で叩き潰してやるからなっ！」

「つ、ついに三組の『表番長』藤島さんと、『裏番長』稲葉んが激突《げきとつ》するのか……！

明日結果をクラスのみんなに教えてあげよーっと」

永瀬は完全にただの野次馬《やじうま》になっていた。

そんな風にして、なんだかんだと太一達は、非常に盛り上がっていた。

そう、本来自分達がなにをしていたのか、忘れるくらいに。


「——あんた達なにやってんのよ……？」

どす黒く殺気《さっき》立つ声が聞こえた。

太一が振り返ると、完全に怒りの臨界点《りんかいてん》を突破した顔の桐山唯がいた。

尾行のターゲットがいる室内でこれだけ騒げば、そりゃ気づかれる。

「たまたま遊びに来ただけかと思ってたら、どうもそうじゃないらしいわね……？」

話しながらも、桐山の口の端《はし》はひくひくとつり上がっていた。

「やっほー……、唯。えと、美咲ちゃんは？」

恐る恐る、でも努《つと》めて明るくフレンドリーに永瀬が話しかける。

「トイレに行ってるところよ。なーんか聞いたことのある声がしたと思ったら……」

しかしそんな永瀬にすら、桐山は怒りを滲《にじ》ませた口調だ。

これはたぶん、かつてないほどに怒っている。

「あんたらなに好き勝手に言ってくれてんのよっっっっっっっっ！」

ビリビリと、周囲のアーケードゲーム機が振動《しんどう》したかと思うほどの怒声《どせい》だった。

「き、桐山……。いくらうるさい場所とはいえ、その声量《せいりょう》は他の人の迷惑に……」

「うっっるさいのよ太一っ！　つーかあんたら全員なにしてんのよっ!?」

「お、オレ達は唯が危ない道に走らないようにと……」

「危ない道ってなに!?　第一なにをしようがあたしの勝手でしょ!?　特に青木なんかに指図《さしず》される覚えないっ！」

「『特に』をつけられるオレ……ぐほっ！」

「なにがこっちが勝ったら『あたしと大沢さんが付き合う』でこっちが勝ったら『青木

と付き合う』よ！　勝手言うなっ！」

「私は二人の障害物《しょうがいぶつ》を取り払おうとしてただけであって……」

「いくら関わり少なくても、あんまりふざけてるとぶん殴《なぐ》るわよ、藤島さん？」

「……これは本気と書いてマジと読むというやつね……。謝って、八重樫君」

「なんで俺に謝らせようとするんだよ。自分で謝れ」

「いいからぐだぐだ言ってないで全員この場から消えてっ！　ほっといて！」

桐山が足をだんっと踏みならす。

「あたしのことは自分で決めてやるわよっ！」

涙目の桐山に睨みつけられ、太一達はしんと静まりかえった。

桐山は真剣なのに、少しおふざけが過ぎたかもしれない。そう誰もが反省した。

と、思ったその時、パチンと指を鳴らした稲葉が手を銃《じゅう》の形にして桐山を指した。

そして悠然《ゆうぜん》とした態度で口を開く。

「そうだ、唯。その通りなんだ、唯」

「な、なによ」

やたらと意味ありげな様子に桐山がたじろぐ。

「お前が決めることなんだ。決めなくちゃならないことなんだ」

一歩前に出て、稲葉は真正面から桐山を見つめる。

「アタシはお前がどの道を選ぼうとも、できる限り力になってやろうと思う。だが決断《けつだん》をするのは、お前だ。その決断に責任を持つのも、お前だ」

「なにを言って……。言ってんのよ……」

震える声で呟いてから、桐山はきゅっと唇《くちびる》をすぼめた。

「アタシが言うのはここまでだ。……後、尾行したのはやり過ぎかもしれない。悪かった。もうアタシ達は撤収《てっしゅう》するよ。藤島も、それでいいだろ？」

くるりと稲葉が振り返った。

「そうね。私も情が入って、少し熱くなっていたかもしれないわ。そのことは素直に、ごめんなさい。稲葉さん達にも、ごめんなさい」

頭を下げてから、「じゃ、また学校で」と藤島は出口の方へ向かっていった。潔《いさぎよ》い撤《てっ》退《たい》だ。

絶対に外せないところでは、ちゃんと空気を読む。だから本気では憎めない。それが藤島だった。

「アタシらも行くぞ、大沢が帰ってくる前に。ほらっ」

稲葉に促《うなが》され、詫《わ》びの言葉を口にしながら太一達も桐山から離れていく。

最後に太一がちらりと確認すると、桐山は怒っているような、困っているような、捨てられた子犬のような、なんだかよくわからない表情をしていた。

「これでよかったのか？」

太一は稲葉に尋《たず》ねた。

「いいんだよ、これで。つーか、今の言葉をあいつにはっきり自覚させるために、さっきはわざと目立つ真似《まね》をやってたんだぞ？」

「そ、そこまで計算尽《づ》くなのかよ……」

相変わらず稲葉は凄い奴だ。やはり自分達の一段上をいっているように思う。

と、永瀬が稲葉のことをジト目で見つめる。

「稲葉ん。今のは流石に、たまたま上手いことなっただけでしょ？」

「う……」

稲葉は一度呻《うめ》いてから、横を向いてわざとらしく口笛《くちぶえ》を吹き始めた。

「……おい稲葉、どういうことだ？」

太一も稲葉にうろんな目を向ける。

「ど、どうだっていいだろ！　つーか、太一と伊織こそ決断しなきゃならねえだろうが！　恥《は》ずかしがってるんだかなんだが知らんが、最近まともに絡《から》んでないくせに！」

「そ、そんなことないだろ！」「そ、そんなことないよ！」

「あ」「う」

発言が被さって、太一と永瀬は見合わせた顔を二人で赤らめた。

◇◆◇

唯は大沢と共に建物《たてもの》を出る。

赤く輝く夕日が、街を照らしていた。

「は～、今日は楽しかったね、桐山さん。本当にありがとう」

大沢がさわやかな笑みを唯に向けた。

「うん……。そうだね……」

「桐山さん、最後の方元気なくなっちゃったよね。つまらなかった、かな？」

「ううん！　違う！　そんなことない、とても楽しかったよ」

唯は慌てて否定した。

「ただ……ちょっと疲れちゃっただけ」

本当は稲葉に、あんなことを言われたから、だけれど。

「ごめんっ！　桐山さんが疲れてるのに付き合わせちゃって」

「違う！　違う！　大丈夫だから、全然嫌に思ってないから。謝らないで」

「……そっか、ありがとう」

やわらかな微笑《ほほえ》みを、大沢はたたえた。

格好いい、という言葉が似合う顔つきの彼女だけど、笑った顔はとても女性的で可愛らしい。

純粋《じゅんすい》でいい子だなと、唯は改めて感じる。

同性を好きになる子なんて、少し変わっている子なのかな、という偏見《へんけん》がどこかにあったのは事実だ。

でも、今そういう気持ちは全くなかった。

本当に、普通に、いい子だ。

そんな子が自分のことを――。

「あの」

唯は、歩みを止めて声をかけた。

「ん？」

「この決断するのって、凄く……勇気が要《い》らなかった？　……同性に告白、なんて」

唯の言葉を聞いた大沢は、彫刻《ちょうこく》のように固まった。

呼吸すらしていないように見えた。

そして次の瞬間、凍《こお》りついた美しき彫刻の瞳から光る滴《しずく》がこぼれ落ちた。

「うん……。すっごい恐かった……。だってこんなの普通じゃないし……、他の人に知られたら変に思われるし……、受け入れて貰える可能性なんて絶対ないと思って……。でも好きだった、から。藤島さんとか昔の友達に相談して、それで……」

大沢は、涙を流しながらくしゃりと笑った。

顔は崩れているのに、とても綺麗だと思った。

「あはは、なんで泣いちゃってるんだろ、わたし。……ごめん、ちょっとトイレ行ってくる。待ってて！」

大沢がダッと走り出した。

「あ」

一瞬で見えなくなる。流石は陸上部だ。

追いかけようか迷って、やめた。言われた通りその場で待つことにする。

唯は側にあった鉄柵《てっさく》に腰かける。

夕暮れのほのかに暖《あたた》かい空気が気持ちよかった。

「そんなに勇気を出して告白してくれたんだ……」

同性だったから特に、なのだろうか。

それとも告白とは、そもそもにたくさんの勇気を必要とするものだろうか。

目いっぱいの勇気を振り絞らなくてはいけないとしても、叶《かな》えたいと思えるのが、

『恋』なのだろうか。

と、その時携帯電話《けいたいでんわ》のバイブレーション機能《きのう》が作動した。

メールだった。

送信元は、青木義文。

『オレは唯の決断を尊重するけど、オレはやっぱり唯が好きだよ。オレは唯と楽しいことをいっぱいやっていきたいと思ってるよ。変な意味ではなく！（重要）デート中に送るのは反則《はんそく》かもだけど、どうしても伝えたかったので。ごめんなさい』


絵文字なしのメールだった。

唯はその文面をじっくりと三度ほど見直す。

青木は自分に何度も好きだと言ってくれる。何度も告白してくれる。

断ってもめげずに、何度も何度も。

思い立って、唯は携帯電話の電話帳を開いた。

デート中に他の人と話すなんて、と罪悪感《ざいあくかん》を覚えたけれど、唯は発信ボタンを押した。

『唯!?　どうしたの!?　デートは!?』

青木の声が、受話口から聞こえてくる。

ちょっと、うるさい。

「ねえ、今からもの凄く変なこと聞くけど、許してくれる？」

『唯の頼みならオレは年中無休でいつでもどこでも受けつけるさ！』

きっと今、青木は清々《すがすが》しい満面の笑みを浮かべている。

「あんたがあたしに好きって言ってる時って、どんな気持ちなの？　……こんなこと聞いてごめん」

二呼吸分《ふたこきゅうぶん》くらい間があった。

『マジな質問？』

「マジな質問」

また、二呼吸分くらい間があった。

『あんまり気取《けど》られないようにしてるけど、実はすっげー緊張してる。だって好きな人に好きって伝えてるから。本気で拒絶《きょぜつ》されたらどうしようって……恐いから。唯が本当はどう思ってるか……わかんないし』

「あ——」

青木だって、男だって、一緒だった。

誰だって人の考えていることはわからない。

当たり前のことだ。そこに男も女もない。

人に本気で『好きだ』と言うことは、誰にとっても恐いことなのだ。

でも、勇気を振り絞ってそれを乗り越える。

『恋』とはそういうものなのだ。

全てがわかった訳ではない。

けれど少しだけなにかがわかった。

でもさ、と青木は声のトーンを明るいものに変える。

『それ以上に楽しくもあるけどね！　なんつーの、このドキドキハラハラ感っていうの！　心臓がバクバクしない人生なんてつまんないじゃん！　みたいな』

ここは笑うところなのかな、と思って唯は少し笑った。

「わかった、ありがとう」

自分で言っておいて、なにに対しての『ありがとう』なのか、よくわからなかった。

たぶん、色んな想いが詰《つ》まっている。それが伝わっていればいいなと、思う。

『どういたしまして。って、なんの役に立ってるのか知らないけど！』

……なんか伝わってない気がする。張り合いのない奴だ。

「じゃあ変なこと聞いてゴメンね。バイバイ。……もう少しだけ待ってて」

『え、今最後なんて――』

折り返し電話されないように電源まで切って、唯は携帯電話をポケットにしまった。

しばらくすると大沢が小走りで帰ってきた。

唯は立ち上がる。

真っ直ぐに大沢のことを見つめる。大沢の目元が少し赤くなっていた。ぐっと息が苦しくなる。

「ごめんなんか……。急に泣いちゃって」

「あ、あたしこそ、ゴメン。意味わかんないこと聞いちゃって、それで……」

お互いが謝り合った後、一瞬できた隙間《すきま》に唯は言葉を滑《すべ》り込《こ》ませた。

「あの、話があるんだけど」

大沢の顔が強ばった。でもすぐ意を決したように、うん、と頷いた。

「あたしね……、男性恐怖症だったんだ」

この学校では、文研部員しか知らないこと。でも、大沢には教えてもいいと思えた。

「え……？」

驚愕《きょうがく》に満ちた表情が大沢の顔に浮かぶ。

「昔ちょっとしたことがあって。それから男に触《さわ》られたり、極端に近づかれたりするのがダメになったの」

「そ、そんな……」

「あ、悲しそうな顔しないで！　大丈夫なんだ、もう。実は最近ある男の子のおかげで、かなりマシになって。一応、男性恐怖症『だった』って言えるくらいにはなったと……思ってる。今は、少し男性が苦手、くらいかな？」

本当に自分はそうなれたと思っている。

「だからあたしは、今まで誰とも付き合ったことがない。恋をしたこともない。男がダメなあたしには縁遠いことだって、避けてきた。逃げてきた」

ずっと、ずっと。

「あたしは『恋』って、『恋愛』って、なんであるかを考えたことすらなかった」

ずっと、ずっと、好きだと言ってくれる人間が側にいても。

「人からの『好きだ』って感情を、受け止めようともしていなかった。自分には無理だからって。……それを免罪符《めんざいふ》にして、ちゃんと向き合ってすらいなかった」

大沢は、黙って唯の話を聞いてくれている。

「みんな、それぞれに色んな想いを持ってくれているのに……。あたしは」

男性恐怖症ではなくなって、前に進もうと思ったはずだ。それなのにまだ、今までの安穏《あんのん》な空気に甘え続けていた。

「今日ね、あたしはやっとそのことに気づけた。遅過ぎるけど、大沢さんのおかげで、やっと気づけた」

そのことはありがとう、そう伝えると、大沢は優しく微笑んだ。

「あたしは『好き』とか『恋』とか『恋愛』とかが、どういうものであるか知らない。だけどこれから、ちゃんと向き合いたい。ちゃんと向き合って、考えていきたい」

逃げるのは、誤魔化《ごまか》すのは、やめよう。

本気には本気で応《こた》えよう。

「そして、大沢さんとか他の人とかと同じくらい、せめて『好き』って気持ちを理解できるようになったら、その時は、あたしも……誰かと付き合ってみたいと……、思う」

そこまで言ってから、唯は頭を下げた。

「……だからごめんなさい。今のあたしはまだ、大沢さんの気持ちを受け止めることなんてできない。中途半端《ちゅうとはんぱ》な気持ちで決断したくない。勝手でわがままなこと言ってるかもしれないけど、ごめんなさい」

伝えたかったことは、言えたと思う。

これが、大切なことにちゃんと向き合うための第一歩だ。

唯は頭を上げて、大沢の反応を待つ。

「……あの、わたしってフラれたのかな？」

大沢が苦笑した顔で首を傾げた。

「え、あの、振るとか振らないとかじゃなく……あ」

よく考えれば、もの凄く面倒臭《めんどうくさ》い回答だ。

「その……ごめん。だから、付き合えないから、振るということに……。でっ、でも大沢さんのことが嫌いな訳じゃなくて……ええと」

頭の中がこんがらがる唯を見て、大沢はふふっと笑った。

「ごめん、冗談冗談。答えられないって話だもんね、大丈夫。わたしは桐山さんが答えを出してくれるのを……待ってる。……それよりっ」

大沢が勢い余ったような声を出し、その後急激《きゅうげき》に声をしぼませる。

「……わたしが女なのは……大丈夫……なの？」

弱々しく震えた声だった。

「……正直に言ってもいい？」

唯が聞くと、大沢は数秒沈黙《ちんもく》してから「どうぞ」と口にした。

「今はまだわからない、だよ」

　自分はまだなにも知らないから。

　でも知らないからと言って逃げ出したくないから。

　大沢はしばらくぽかんと口を開けていた。

「……オーケーされることもないだろうって思ってたけど。……その返答も想定外だ」

「だ、だよね」

　ぷっ、と二人で吹き出した。

「ああ、でも本当にありがとう。わたしの気持ちを真剣に受け止めてくれて。気持ち悪がられたり、笑われたりしたらって思ってたけど……」

　大沢は溜息をついて、頬を緩《ゆる》めた。

「桐山さんを好きになれて、よかった」

「ちょ、ちょ、好きって……！　好きって……！」

　改めて言われると、照れる、照れる、照れる。

　でも照れると同時に――嬉しい？

「わたし、待つよ。桐山さんがちゃんと自分の中で納得のいく答えを出せるまで」

「うん、ありがとう。それと……好き……って言ってくれて、ありがとう」

　どちらからともなく、二人は手を差し出していた。

　お互いの右手をぎゅっと握る。

　温かくて、やわらかい。

同時に胸が熱くなる。

自分は一生この手の感覚を忘れないんだろうなと、唯は思った。

◇◆◇

そっと下駄箱を開ける。

上履きしか入っていない。

はぁ～、と唯は胸を撫《な》で下《お》ろした。

そりゃそうだ。そんな連続してラブレターなんか入っていたら困る。あんなの例外中の例外だ。

「唯、おはよう」

「おおひょおい⁉」

唯は飛び上がって後ろを振り向いた。

雪菜が呆れた顔をして立っていた。

「おは、よう。雪菜」

「朝友達に声をかけられたら変な声でリアクションするのが、あんたのブームなの？」

「ち、違うわよっ！」

二人並んで、一年一組の教室に向かう。

途中、一年三組の教室を横切る時、唯はちらりと室内を見渡した。いた。

大沢美咲だ。

大沢は一年三組学級委員長の藤島麻衣子となにやら会話している。とても嬉しそうに笑っていた。

「ねえ雪菜」

「なに？」

「今日のお昼休みにでもさ、今付き合ってる彼氏の話、聞かせてくれない？」

「へ？」

「な、なによ。なんでそんなきょとんとした顔するのよ」

「だって……、あんたいつもそっち系の話題すっごい嫌がるじゃない？」

「ま、そ、そうだけど……。別にいいじゃないっ、聞かせてくれたってっ」

「はっ、はーん」

雪菜は手を顎《あご》のところにやって、にやーっと笑みを作った。

「唯。あんた……『恋』したな？」

「そ、そ、そ、そんなんじゃな――」

「なになに⁉　唯⁉　恋⁉　そんな聞き捨てならないテーマが聞こえたんだけど⁉」

突然、二人のガールズトークに乱入者が現れた。

青木義文だった。

「邪魔すなっっっ！」

唯は鞄でもって青木の顎を下から打ち抜いてやった。

「がふっ！」と呻いて、青木が後方に倒れる。

「もうっ、朝からうっとうしい！」

「あんたら相変わらずね……。で、恋したんでしょ？」

「違うのっ！」

「顔、真っ赤だけど？」

「う～～～～～～～！」

「あーはいはい、わかったわかった。だからジタバタしなくていいって。……でもどうせ似たようなもんなんでしょ？」

「本当に違うんだってば！」

「人に恋バナ話せって言っといてその態度はどうなのかな～。ま、いいけど。じゃあとことんのろけてやろうかなぁ～。実はこの前、彼氏がさ――」

『恋』ってなんだろう？

自分にはまだ、わからない。

でもたぶん、凄くいいものであることは間違いない。

だって、昼休みでいいと言ったのにフライングして話し始めた雪菜の顔は、この上なく幸せそうに緩み切っていたから。

稲葉姫子の孤軍奮闘

正門から私立山星高校《しりつやまぼしこうこう》の敷地《しきち》に足を踏み入れた時、稲葉姫子《いなばひめこ》の頭にある言葉が閃《ひらめ》いた。

変わるのだ、と。

自分は今日、ここから。

見上げれば雲一つない晴天《せいてん》。

新しい門出《かどで》の日としては、悪くない。

眼前《がんぜん》に広がるのはいつもと同じ学校——のはずなのに、今日の稲葉には、見慣れた学舎《まなびや》がどこか違ったものに見えていた。

それは戦う覚悟《かくご》を固めたからか。

それとも、既《すで》に自分が変わったからか。


朝、一年三組教室に余裕《よゆう》を持って到着し、稲葉は自分の席に着いていた。

稲葉の目の前には、共に文化研究部《ぶんかけんきゅうぶ》に所属《しょぞく》する仲間、八重樫太一《やえがしたいち》と永瀬伊織《ながせいおり》がいる。

教室中で散見《さんけん》されるのと同様の、ただの朝の雑談《ざつだん》が三人によって展開されている訳なのだが——。

「……お、おはよう稲葉。やっと今日から普通の、学校になるな」

太一が話しかけてくる。……が、どこかその様子は気まずげだ。

照れたように目を合わせようとしない。

ちゃんとこっちを向けよ、オイ。

稲葉は内心、太一を罵《ののし》る。

「……そ、そうだな。『普通の』……ってのも妙な響きだけど」

ところが内心の威勢《いせい》のよさとは裏腹《うらはら》に、出てくる言葉はどこかなよなよ。

「なんで太一と稲葉んはお互いに顔を背《そむ》けながら話してるの？」

だってあんな照れられたらこっちも照れるのが道理《どうり》だろうが。決して自分のせいではないのに、こいつのせいで……。

「いや、別に……」

太一が頭を掻《か》きながら否定する。

「も〜、せっかくあいつのひっでー現象が終わったんだからさぁ、もっと楽しげにいこうよ、た・の・し・げ・に！」

ういうい〜、と伊織が稲葉と太一の体をつつく。

本当は全然嫌ではないけれど、苦笑しながら嫌がるように体を反《そ》らせ、稲葉は言う。

「バカ。お前は本当にいつも通り……」

そう、本当に伊織は、いつも通り変わらない。

「や、やめろって永瀬……」

太一はそう言いつつも、伊織ではなく稲葉の方をちらちら見てくる。

こちらはいつも通り……ではない。

■□■

稲葉姫子が八重樫太一に告白してから一週間と少し。

できあがった文研部《ぶんけんぶ》の関係をぶち壊すと思った爆弾《ばくだん》も、実はまだ目立った被害《ひがい》を与えてはいない。

あの告白があってからも、文研部は変わらずに機能《きのう》している。

まあ実際のところ、つい先日までは『欲望解放《よくぼうかいほう》』なるくそったれた現象が起こっていたため、あまり恋愛方面をどうのこうのやる余裕《よゆう》もなかったのだ。

しかし今、異常な現象が去り、自分達は日常へと帰ってきた。

自分が太一に告白し、伊織に宣戦布告《せんせんふこく》したことが、逃げようのない現実問題として降りかかってくる。

「じゃあ最後の問題だけヒントなー。ここでは未知数《みちすう》としてXが――」

教卓《きょうたく》から聞こえる教師の雑音《ざつおん》をシャットアウトし、稲葉は思索《しさく》の中に入り込む。

ひとまず客観的《きゃっかんてき》に状況を分析《ぶんせき》してみよう。

ある一人の女がいて、そいつには仲のよい男友達と女友達がいた。その男友達と女友達はもうすぐ二人で付き合い出すのではないか、と思えるくらいの状態だった。三人は部活が同じでクラスも一緒、いつも行動を共にするような関係だ。女も友人達の恋を応《おう》援《えん》していた。ところがその女も男友達のことを好きになってしまった。そして女はその恋に割り込む決意をし、女友達にライバル宣言《せんげん》。ついでに男友達にも告白し、これから女友達と恋のバトルをするからな、と宣戦布告。

しかし恋において女と女友達は敵《てき》同士でも、友人関係は別問題。だから恋愛は恋愛で戦うけれども、それはそれと割り切って、女の子同士なかよしこよしは続けましょうねー、と言っている、と。

うん、なかなかふざけた状態だ。

いくらなんでも都合《つごう》がよ過ぎる。

果たして決着がついた時に事は丸く収まるのか。その時は丸く収まっても後々禍根《かこん》を残すことにはならないか。

あの時は〈ふうせんかずら〉の生み出した異常な世界の真っ直中だった。普通じゃない状態だからこそ、なんだかんだ勢いで突き進んでしまった面がある。

もしあれがなにもない『普通』の状態ならば、あんな風になったかどうか。

……なんだよ、自分。

さっきからぐちぐちぐちぐちと。

稲葉姫子による逆襲劇《ぎゃくしゅうげき》を始めよう――そう、今朝登校中に決意したんじゃないのか。

甘ったれるな、それじゃいつまで経《た》っても変わらない。

自分は『弱い自分』を脱ぎ去って、新たに『強い稲葉姫子』に生まれ変わるのだ。

よし、ではすべきことをミッションとしてリストアップしてみよう。

①なんとなく気まずい太一との関係を改善《かいぜん》し、現状におけるほどよい着地点《ちゃくちてん》をとるべき態度の方向性を見つける『太一ミッション』。

無理に避けている訳でも会話がない訳でもないが、どうも自分と太一の関係は円滑《えんかつ》ではない。まあついこの間『コクってフられた（コクられてフった）』関係なのだからそれも致《いた》し方《かた》ないとは思う。が、早くなんとかしなくてはならない。

いくらなんでも、いきなり落とすなんて議論《ぎろん》は尚早《しょうそう》なはず。

……これは戦略的《せんりゃくてき》な考えをしているだけであって決してビビっている訳ではない！

②本当のところ伊織がどう思っているのか知る『伊織ミッション』。

好きなら諦《あきら》めるな、そう伊織は自分にハッパをかけてくれた。惚《ほ》れた相手が、同一人物だというのに。

たぶん伊織は、うじうじとして情けない自分が壁をぶち破るのを手助けするために、「頑張《がんば》れ」と、「どうなっても自分達は友達だ」と、言ってくれたのだろう。

おかげで自分は成長できた。その事実に対しては伊織も喜んでくれていると思う。

けれどそれが生み出した奇妙《きみよう》な三角関係については、実際のところどう思っているのだろうか。

今のところ伊織は、あの出来事を全て忘れているかのような振《ふ》る舞《ま》いだ。

しかし自分があんなにも情けない稲葉姫子でなければ、伊織はハッパをかけなくて済んで、そして伊織はなんの障害《しようがい》もなく太一と一緒になれていたはず。……そう考えると非常に申し訳ない気持ちにもなる。

それにもし、情けない稲葉姫子が成長するための別の方法があったとすれば、伊織はそちらを選んでいたのではないか……とも思える。

疑いなく自分と伊織は恋敵《こいがたき》だ。

けれど間違いなく自分と伊織は親友だ。

自分には、物事が落ち着いた今、伊織はどう思っているのか確認する義務《ぎむ》がある。

そして最後、これは①、②のミッションが完了すればの話だが、

③現時点で太一・伊織・稲葉による三角関係が安定するバランスを見つける『三角関係ミッション』。

はっきり言って現状では断トツで伊織が有利《ゆうり》だ（というか完全に自分はフられているのでもう負けていると言える）。しかし、まだ二人は付き合っている訳ではない。

勝負の終結《しゅうけつ》を宣言するには、まだ、足りない。

そう、足りていない。つまり、終わっていない。これは非常に重要な事実だ。

とにかく太一の気持ちを動かし自分と付き合ってもいいかな、と思わせるには時間がいる。その時間を確保するには、均衡《きんこう》する三角関係を作り出す必要がある。

とりあえずはこんなところ、か。

ふぅと息をついて、稲葉は視線を上げた。

と、自分の席の左横に誰かが立っている。

まだ授業中じゃ——

「うおおおお!?」

そこに立っていたのは、まさしく今の今まで稲葉の頭の中を嫌というほど占拠《せんきょ》していた、八重樫太一だった。

思わず上げた叫び声に太一が驚き身を退《ひ》く。というか教室中から視線を感じた。

「な、ど、どうしたんだ太一?」

「いや、一番後ろの席だから小テストの回収してるんだけど……って稲葉……白紙?」

「し、しまった……」

授業中に配られたこのプリント小テストだったのかよ!

■□■

小テストを白紙で出したおかげで不必要な宿題を喰《く》らった。
教室で叫《さけ》んでしまい皆に笑われる恥《はじ》もかいた。
太一にも若干《じゃっかん》引かれた。
出鼻《でばな》をくじかれて、結構へこんだ。
が、めげていたって仕方ない。
自分は変わると決めたのだ。
新しい稲葉姫子は弱くない。
だからこんなところでへこたれてはいられない。
早速この休み時間から……ミッション開始だ！

『伊織ミッション』フェーズ①

「なあ、最近伊織からなにか話を聞いてないか？」
直接尋《たず》ねても本音はなかなか聞き出せないだろう。そう判断した稲葉は、ひとまずクラスの中で伊織と仲のよい、中山真理子《なかやままりこ》に話を訊《き》くことにする。

「なにかって？」

「こういうことで悩んでいるだとか、大変なことがあったとか、そんな話を聞いてないか？　……特に友人恋愛関係でどうだとか」

「う～ん、友人恋愛関係……最近『プレゼントってどういうのが喜ばれるかな』って話してたけどな～」

「……プレゼント」

アイツめ、モノを使って自分の基盤《きばん》を固める気か。なかなか抜け目ない奴だ。

「それ以外は思い当たることないなぁ～……というか！」

「ん、なんだ？」

「最近おかしかったのって、稲葉さんの方じゃない？　まあ伊織もヘンだったけど」

「なっ、そ、そんなこともないだろ、うん」

実際は『欲望解放』のおかげで正常とはほど遠い状態だったのだが。

「そう？　なんか情緒《じょうちょ》不安定《ふあんてい》っぽくて。あ、そういえば一時期伊織と稲葉さんってちょっと険悪《けんあく》になってたよね？　それと関係がある？　なんか聞きづらくて……まあこの際聞いちゃうけど、どうして？　ね？　ね？」

不味《まず》い、中山が噂《うわさ》好きお喋《しゃべ》りキャラなことを忘れていた。

「大したことじゃないから、人に言うようなことでもないし」

「やっぱ言えないかぁ～。まあそうだよね。あ、それよか稲葉さん。調べ物得意なんだよね？　じゃあちょっとお願いしたいことがあるんだけど～？」

「別に構わんが」

「さっすが稲葉さん格好《かっこう》いい！　よっ、この男前っ！　憎《にく》いね～！」

「お、男前ね。はは……」

男前……女の子っぽくない……格好いい……けど男にはモテない。

昔なら喜んでたかもしれないけど今はあんまり嬉《うれ》しくねえ！

『太一ミッション』フェーズ①

次の休み時間、稲葉はいきなり太一の前の席に座ってみる。

教科書を片づけていた太一が顔を上げる。

「どうした？」

「ちょっと太一と話したいなって」

「おお……そうか。で、なんだ？」

稲葉は、あえてなにも言わない。

「なにか話すことがあるんじゃ……？」

稲葉は、あえてなにも言わない。

様子を見る。

もちろん、あえてなにも言わないのは一つの戦術だ。まずは現状の太一の出方というものを、こちらのアクションによる影響なしに確認しておきたいのだ。

現状分析は、全ての基本。

自分がなにもしないと、太一はどういうアプローチをしてくるのか。

少々戸惑《とまど》っていた太一だが、とりあえず世間話《せけんばなし》を始めた。

「あの……さ、最近……寒くなってきたな」

だからなんでそんな恥ずかしそうに喋るんだよ。

「そ、そうだな……。もう来週にはじゅ、十二月だしな……」

……自分も同じだった。

『伊織ミッション』フェーズ②

稲葉はお昼休みに別クラスの桐山唯《きりやまゆい》と落ち合った。

「なに？　訊きたいことって？」

体育の後らしく、唯は栗色《くりいろ》の長髪《ちょうはつ》を後ろで纏《まと》めてポニーテールにしていた。

「最近伊織からなにか話を聞いていないか？」

自分を除《のぞ》けば、伊織にとって同じ部活内の女子は唯だけだ。不可思議《ふかしぎ》な現象まで込みで分かち合って相談できる唯一の相手、という訳だ。

太一か自分のことについて、二人で話している可能性は極《きわ》めて高い。

「話って……部活であって話はしてるけど、それは稲葉だって聞いてるでしょ？」

「それ以外では？」

「う～ん、特に稲葉に言うようなこともないと思うけど」

「お、お前ら二人で、恋愛トークしたりしないのか？」

「れ、恋愛トーク!?　し、しないしないしないよっ！」

唯がぶるんぶるん首を振る。ポニーテールがちょっとした凶器《きょうき》になりそうな勢いで暴れていた。

「伊織とはあんまり……。でも、あの……太一と伊織って、付き合うかもしれない感じなんでしょ？」

「……まだ勝負は終わってねえよ」

「ん、勝負？」

「あ、いやいや気にするな。ふーん、お前も青木《あおき》とあーだこーだあるし、相談したりしてるかなって思ったんだが」

「あ、あ、あーだこーだってなに!?　あーだもこーだもないわよ!?」

「わかったって……」

唯もダメとなると、伊織は例の件について誰《だれ》にも相談していないのかもしれない。

稲葉が考え込んでいると、桐山がぽんと手を叩《たた》いた。

「そうだ、ついでに言おうと思ってたことがあったんだ。えーっと、文研新聞《ぶんけんしんぶん》の体裁《ていさい》直しなんだけど、家のパソコン調子悪くって……」

「ふうん、そうか。じゃあアタシがやっておくよ」

「えっ、いいの？　任せちゃって？」

「大した負担《ふたん》じゃないし、構《かま》わんよ」

「そっか、ありがと。じゃあお願いしちゃおっかな」

それから少し会話をした後「また放課後《ほうかご》」と言って唯と別れる。

と、後ろをむきかけた唯が「あ」となにかを思い出したらしく声を上げた。

「そういえば稲葉、例の準備は――ってわぷっ！」

突然、唯は両手で自分の口を押さえた。

「どうした？」

唯は両手で口を押さえたまままふるふると小刻《こきざ》みに首を振る。

「だからどうしたって？」

もう一度聞くと、やっと唯は自分の口をぷはっと解放《かいほう》。

「いや、こういうのいつも稲葉がやってくれるからつい……。あ、き、気にしないでね！　ホントにホントに気にしないでね！」

そんなセリフを残し、唯は逃げるようにすたこらさっさと走っていった。

『三角関係ミッション』フェーズ③『伊織ミッション』フェーズ②『太一ミッション』フェーズ①

その日の部活は唯が欠席していた。クラスの友人と遊びに行くらしい。

唯曰《いわ》く「現象中遊びの誘いも断りまくってたからね。ひきこもって心配させたり、他にも迷惑かけたから」とのこと。

あいつが『欲望《よくぼう》解放』現象を起こしている間、自分達は事情を知らない文研部以外の者との接触《せっしょく》を控えていた。せっかくその枷《かせ》が外れたのだから、外に出ていくのは大いに歓迎すべきことだ。

近頃起こる怪現象《かいげんしょう》のおかげで集まる頻度《ひんど》が飛躍的《ひやくてき》に上がっていたとはいえ、元々出席義務がある訳でもない。

「う～お～、なんで唯は部活休んでるんだよ～。せっかく通常状態でオレと部室ランデブーできるっていうのにさ～」

青木義文《よしふみ》はうざったらしく喚《わめ》いていた。

「ていうかランデブーって。……死語《しご》レベルだろ」

太一がぼそっと呟《つぶや》き、続けて伊織が言う。

「デブーって、太ってるみたいじゃん。デヴーだよ、デヴー」

クラスが同じであるとはいえ、やはり自分達が一番会話するのはこの部室だ。となれば、ここに勝負の行方はかかってくる。

今の部室は、稲葉姫子にとって憩《いこ》いの地であると同時に、戦場でもあるのだ。

「ちぇ、こうなったら今日は勉強してやる。ふん、どうなっても知らないからなっ」

「なんで『非行《ひこう》に走ってやる！』的言い方でやることが勉強なんだよ」

太一がまた青木につっこんでいる。

と、聞き耳立てていてばかりでどうする。

稲葉はノートパソコンに落としていた視線を上げる。それじゃあ勝負に出——、

「ところで太一はさ、どんなタイプの女の子が好きなの？」

「ぶふっ⁉」「ぶはっ⁉」

伊織の急襲《きゅうしゅう》爆撃《ばくげき》に二名の人間が吹き出した。

「太一はわかるけどさ～、なんで稲葉んまで吹き出してんの。あはは～」

「い、いや。そ、それはお前……」

攻撃を仕掛けようとした矢先《やさき》に襲われたので、稲葉はかなり慌てふためいた。

案《あん》の定《じょう》、太一も伊織の質問に困っていた。

「どんなって言われても、なかなか難しいところが……」

「じゃあ可愛《かわい》い系と美人系ならどっち？」

伊織は間髪《かんぱつ》入れずに次の弾《たま》を投入。

「外見的な話か……。そうだな、単純に好みで言えば可愛い系になるのかな……」

「ふむ。可愛い系ねぇ」

伊織はうんうんと頷《うなず》く。そして頷きながら、稲葉の方をちらちら見てくる。

伊織の顔には、どこか勝《か》ち誇《ほこ》ったような色が見え隠れしていた。

そこで稲葉は、はっと気づく。

伊織は間違いなく可愛い系、そして自身は美人系にカテゴライズされるだろう。つまりこの質問は……。

なるほど、これが伊織流の戦い方ということか。ならばそれはとても……面白《おもしろ》い。

思わぬ形で先手を取られて面食《めんく》らったが、負けてはいられない。

「美人系の方がいいだろ。年をとっても熟《じゅく》した魅力《みりょく》が出てくるし」

稲葉はすかさず言ってやる。

「え、そんな熟女《じゅくじょ》のことまで考慮《こうりょ》に入れなきゃならないのか？」

「……ああ、熟女は……確かに考慮に入れる必要はない、かな」

美人系の魅力をアピールしてみたのだが、上手《うま》くいかなかったようだ。

「まあそういう意味で言えば、美人系は歳食ってるように見えちゃうよね」

また伊織がさらりと弾を撃ってくる。

焦《あせ》るな。落ち着け。反撃だ。

「と、歳食ってるだと!? 大人っぽい魅力のよさがわからないのかっ。美人系の方が落ち着いた服が似合うし、シンプルで綺麗《きれい》に見えるし、なんと言っても安定感が違う！　経年劣化《けいねんれっか》の危険性が可愛い系より絶対的に少ない！　確かに可愛い系だとずっと若々しいという場合もあり得るが、それは裏を返せば可愛い系なんて童顔《どうがん》のお子様ということ！　そう可愛い系はお子様系だ！　それが好きって、もうロリコンの変態野郎《へんたいやろう》だろ!?」

「……稲葉がなにに熱くなって、なにを主張したいのかは知らないが、可愛い系が好きって言っただけでロリコン呼ばわりされるのは酷《ひど》くないか……」

「え？　あ？　そ、そうかもな。……すまん」

稲葉が素直に謝ると、部室が静かになって妙な間ができた。

太一と伊織の視線が稲葉に向けられる。ついでに青木も顔を上げる。

三人とも「なんだこいつ？」とでも言いたげな表情を浮かべていた。

とても居心地《いごこち》が悪かった。

「な、なんだよ？」

正面の太一に向かって聞くと、太一は「な、なんでもない」と目線を逸《そ》らす。

なんだろう、この違和感《いわかん》だらけの状態は。

しばらくすると青木は勉強に戻り、太一も稲葉から伊織へと視線を移す。

「つーかなんで藪《やぶ》から棒《ぼう》にそんな話題なんだよ。変な質問はよしてくれよ永瀬」

「ん、変じゃないでしょ？　ただの会話じゃん。……ってことで次はそうだな～、理性《りせい》的《てき》なタイプの人と感情的なタイプの人だと、太一はどっちが好き——」

「り、理性的なタイプだよな⁉　感情的なタイプにも利点があるのは認めるがやはり将来家計《かけい》を任せ、共に人生を歩み、子供の教育から老いた両親の世話、安定した老後の生活まで考えるなら、やはり思慮深《しりょぶか》い理性的な人間がいいはずだ！　理性的なタイプにはリスクを最大限考慮《こうりょ》した上での貯蓄計画《ちょちくけいかく》が可能！　人生の充足《じゅうそく》を目指すなら理性的なタイプを選ぶべきなんだ！　そう思うだろ、太一も⁉」

「……太一に聞いてるのに、なんで稲葉んがやる気出してんの？　ていうかなんの話をしてるの？」

　伊織が言い、

「まあなんだ。今の稲葉は確実に感情的なタイプの人だな」

　太一が言い、

「これってさ、まだ例の『欲望解放現象』が続いていて、稲葉っちゃんがおかしくなったんじゃないよね？」

　青木にとどめを刺された。

　なにもないのに怪現象状態だと思われるなんて、なにをやっているんだ。

　屈辱《くつじょく》に塗《まみ》れて、稲葉は奥歯をぎりっと噛《か》み締《し》めた。

　それからも諦めずチャレンジするのだが、どうにもこうにも自分が話し出すとおかしな空気になるので流石《さすが》に自重《じちょう》することにした。

稲葉は黙《だま》ってパソコンの画面を凝視《ぎょうし》する。

なぜだ。上手くいかない。恥《は》ずかしい。疲れてきた。やり方を間違《まちが》えている気もする。

しかし、自分は変わろうとしているのだ。

痛みを伴《ともな》わない変革《へんかく》などない。そう、自分に言い聞かせる。

気合いを入れて、もう一度――。

「あっははは！」「ははははは！」

急に大声で太一と伊織が笑い出した。

会話を聞いていなかったので内容は不明だが、二人は腹を抱えて笑っている。

眩《まぶ》しいくらいの笑顔がはじける。

その光の投射《とうしゃ》によって、自分の中に影ができる。

黒くて、暗い。

光の中に、黒い影は踏み込んでいけない。踏み込めば、光に飲み込まれて消えてしまうからだ。

隣《となり》で青木が呟く。

「ふーむ、やっぱ太一と伊織ちゃんってお似合いかなぁ。二人で話している時にしか出さない雰囲気《ふんいき》ってあるしね、二人とも……。そう思わない稲葉っちゃん？」

太一と伊織が、お似合い。

そして、自分は。

自分は。

「……稲葉っちゃん？」

青木の問いかけに、稲葉は上手く答えることができなかった。

■□■

翌朝の登校中、長身の男がふにゃふにゃと手を振っていると思ったら青木だった。

「うぃー、稲葉っちゃん。最近、朝寒くなってるよねー」

「だな」

稲葉が適当《てきとう》な生返事をし、二人で校門まで歩いていく。

『朝だからテンション低いぞ』というオーラを稲葉がびんびんに出しても、青木は気にする様子もなくべらべらと喋っていた。なので稲葉も生返事を連発。

「どーもノイズが入っちゃってさ～、『びび』、『びび』みたいな音」

「ふうん」

「んでイヤホン替えてみたんだけど、それでもダメでさー」

「そうか」

「だからオレ新しい音楽プレイヤー買おうかなーって。どの機種がいいかなぁ」

「……」

返事をするのも面倒臭《めんどうくさ》くなってきた。

「ところで稲葉っちゃんはなんか欲しいものとかあったりすんの～……おほっ⁉」

急に青木が奇声《きせい》を上げて立ち止まった。

問い詰めてもよかったのだが稲葉は無視して歩いた。面倒臭いし。

「……まさかの直聞きミス……って稲葉っちゃん待ってよ～」

そんな感じでちょうど正門に差しかかった時だ。

「そいやさ、昨日なんか変だったよね、稲葉っちゃん。なんかあった？」

青木に直球で変と言われた。かなりイラッときた。

「なにが変だよ。どこが変だったか言ってみ――」

吐き出しかけ、その言葉を稲葉は飲み込む。

冷静になって省《かえり》みれば、青木が言っていることは正しかった。

自分は今間違いなく『変』だ。

だって自分は今、変わろうとしているのだ。

『変』化、しているのだから『変』なところが出てきてしかるべきじゃないか。

「……アタシも思うところがあって成長しなきゃいけないなと考えているんだ。だから、変わるところも出てくるよな」

「成長ねえ……。そりゃ変わるだろうけど……。う～ん」

納得するかと思ったのに、青木は複雑《ふくざつ》な表情で唸《うな》っている。

「なんだよ？　アタシが変わろうとしたら不都合あるのかよ？」

「いや不都合なんてないけど……。なんか、う〜ん……」

最後まで青木は煮え切らない様子で首を傾《かし》げていた。

■□■

胸にわだかまりはある。

はっきり正体は摑《つか》めないが、たぶん昨日の失敗と、今朝の青木のせいだと思う。

気持ちの悪さを感じるのは事実だ。でもだからといって立ち止まってはダメだと活《かっ》を入れる。ここで足踏みすれば、自分はいつまで経っても弱い稲葉姫子のまま変われない。

まだ戦いは、始まったばかりなのだ——。


『太一ミッション』フェーズ③　『伊織ミッション』フェーズ④

——失敗。

■□■

『太一ミッション』フェーズ④

人生とはままならないものだな、と稲葉は厭世的《えんせいてき》に思う。

太一はやっぱり、自分に対してやりにくそうにしている。

伊織の真意《しんい》はちっとも見える気配がない。

目標への気持ちは強く、気合いは激しく持ち続けているのだが、如何《いかん》せん結果に繋《つな》がらない。

ミッションが一つも進展しないまま、気づけば今日も放課後だ。

稲葉は教科書とペンケースを片付けて、鞄《かばん》を閉じる。

自分が変わるなんて、無理なのか。

人間なんて、変われないものなのか。

なんとはなしに思考を巡らせていると——ふと思いついた。

今現在は太一とぎこちなくなっている。

しかし翻《ひるがえ》って考えてみれば、少し前までは全くぎこちなくなかったのである。

ならば、自分が以前と同じように接すれば、太一も以前通りに接してくれるのではないか。

太一と恋愛関係になろうかという今、昔の、ただの友達状態に戻すのはよくないのかもしれない。が、改めて『ゼロ』から始めるのも悪くない一手であろう。

稲葉は椅子《いす》から立ち上がる。同時に弱気な自分も向こうに押しやる。アプローチの仕方などいくらでもあるのだから、正解が見つかるまで挑戦すればいいのだ。

「よう、太一。掃除当番《そうじとうばん》の伊織はおいといて、二人で部室まで行こうか」

当たり前のように、声をかける。

「……おう」

「チッ、なんか元気ねえなぁ。しゃんとしろよ」

平静。気負わない。いつも通り。

いつも通りの自分なら。

「ほらっ！」

ばしんと太一の背中を叩いてやった。

「痛っ!?　……しゃ、しゃんとするから叩くなって！　ていうかしゃんとしてないつもりもない！」

太一の体に触れたのは、思えばあの校外学習《こうがいがくしゅう》の日、——唇《くちびる》と唇が触れ合って以来。

一度最接近《さいせっきん》した後、どうも距離を置き過ぎていたことに気づく。

前はもうちょっと近かったんだから。そう思うと力が抜《ぬ》けた。

そこからべらべらと、世間話が始まる。

廊下《ろうか》を二人で歩いて行く。

悪くはない雰囲気だった。

久方《ひさかた》ぶりに、太一が自分の前で緊張を解《と》いてくれているような気がする。

気兼《きが》ねのない友達同士の、なんてことのない会話。

あの最接近など、あの告白など、この世に存在しなかったのではないかと思えるほど、平穏《へいおん》で普通なやり取りだった。

自分がただの友達といった体《てい》をとれば、太一もそれに応《こた》えてくれる。

太一が楽しそうに笑った。

楽しそうに。

太一が自分に求めているのは、やはり友達としての——稲葉姫子なのだろうか。

なのだろうか——なんて。

そうに、決まっているではないか。

太一は伊織のことが好きだと言った。

それに、自分に——稲葉姫子に好きになられると困ると言った。

困る。

誰よりも優しいあいつにとっては、友人をフるなんて心苦しくて仕方がないのだろう。

だから困る。

太一は困ると言っている。

なのに自分はその太一の想いを無視して、そして伊織の気持ちも蹴飛《けと》ばすようにして、自分勝手に行動しようとしている。

ただ、自分のために。

それは、正しいことか？

はい、正しいですとは――言えない。

自分が『変わる』ことを、――太一は求めていない？

「――って言っててさ。……ん？　おい稲葉。なんで立ち止まってるんだ？」

太一が振り返って聞いてくる。

「あ……いや」

一度立ち止まってしまうと、もう前に足は踏み出せなかった。

「……あ、アタシ部室行く前にやることがあったんだ。先に行っててくれ」

「お、そうか。部活関連か？　手伝えるなら手伝うぞ？」

「いや……これはアタシ自身のやることだから……」

なにを言ってるんだ、逃げてどうするんだ。心の中で己を罵《のの し》る。

けれど、己の中で飼《か》っている情けない弱虫がじゅくじゅくと湧《わ》き出《だ》してきた自分には、どうすることもできなかった。

『一時ミッション中止』休憩

稲葉は目的もなく、自分のクラスがあるのとはまた別の校舎に入る。特別教室が並ぶ人気の少ない廊下から、グラウンドを見下ろす。

はぁ～、と大きく溜息《ためいき》を吐《つ》く。

「なにをやってるんだアタシは……」

威勢《いせい》よく、戦ってやろうと、必勝してやろうと、思っていたのではないか。

強い人間に変わろう、変わる必要があると思ったのだ。

それは激励《げきれい》してくれた親友のためでもあるし、なによりも自分のためでもある。

けれど、自分が変わろうと思い至る大本《おおもと》のきっかけになった人物は、自分が変わることを望んでいないかもしれない。

自分はどうするべきなのか。

悩む前に、とにかく打ち立てたミッションの達成を目指していくべきか。

でも今のまま進んでも光明《こうみよう》は見出せない気がする。

自分は、どうしたくて。

自分は、どうすべきで。

自分は、なにを求めていて――。

「恋に迷える子羊はっけーん」

耳の裏に『ふっ』と生ぬるい吐息《といき》がかかった。

「うおいっ!?」

背筋にぞわぞわした悪寒《おかん》が走った。慌てて後ろを振り向く。

キラリと太陽の光にメガネが輝く。

おでこを出した髪型が、どこか涼《すず》やかな表情を際立《きわだ》たせる。

それは、恋愛マスターなどとふざけた愛称《あいしょう》で呼ばれる、一年三組学級委員長、藤島《ふじしま》麻衣子《まいこ》だった。

至近距離《しきんきょり》で見ると、肌も綺麗だしなにより整った顔立ちをして——。

「……って近いんだよっ!」

稲葉は軽く藤島を押しのける。

「あら、乱暴はよくないわよ？　女の子に対してするのも、女の子が誰かにするのも」

「お前が無茶苦茶近づいて来て耳に『ふっ』とかするからだろうがこのバカ!」

思い出すと腕に薄い鳥肌《とりはだ》が立った。

「だって稲葉さん、最近なんだか可愛いんだもの」

「し、知るかっ!　だ、第一なんだよ、可愛いって。アタシが可愛いなんて……」

「ほら、今まさしく顔を赤くしてそっぽを向いているところだとか」

「……う」

「稲葉さんって隙《すき》を見せない強面系《こわもてけい》かと思っていたけど、案外そんなこともないのね」

「……うう」

「クールビューティーキャラと思われていた人が見せる可愛い姿なんて……とてもエロス……もとい弄《もてあそ》びた……もとい悶《もだ》え……もとい萌《も》えね」

「お前が妥協《だきょう》した最後の単語だって十分アタシの逆鱗《げきりん》に触れるんだよっ！」

稲葉が叫ぶと藤島は「フフフ」と口の端《はし》を吊り上げ笑った。

遊ばれている。どうもこいつだけは苦手だ（得意な奴がいたら会ってみたい）。

「で、なにか用かよ？」

「アタシの『愛の伝道師《でんどうし》センサー』が迷える子羊の存在を察知《さっち》したのよね」

「……なんなんだよ、そのキャラ」

「信じる者は救われる！」

「せめてちゃんと言葉のキャッチボールをしやがれっ！」

自由過ぎるぞ藤島。

「真面目《まじめ》な話はさておき」

「『冗談は』さておきだろ。あれで真面目な話だと言うのならアタシはこれ以上の会話を放棄《ほうき》するぞ」

「悩んでいること、あるんでしょ」

凛《りん》とした、声だった。

バカな会話で緩《ゆる》んでいた心を、ぶすりと一気に貫《つらぬ》かれたみたいだ。

「ねえよ……別に」

一瞬言葉に詰まってから稲葉は返す。

誰かに、相談することでもない。

「真面目な話じゃなくて冗談なんだから、虚実《きょじつ》交じりで軽く言ってくれたらいいのよ」

そう言って藤島は、ほんの少しだけ表情を緩める。

長い冬を越え、やっと訪れた春の兆《きざ》しに欠片《かけら》ほど溶け出した雪のように、少しだけ。

「お前……」

緩めて、突き刺して、落とす。

完璧だった。

恋愛マスターと呼ばれ同級生の相談を多く受けるというのも、よくわかる。

こちらの心情を見透《みす》かされ、完全に上に立たれてしまった。

なんだか張り合う気が失せた。

以前なら弱い自分を認めたくなくて、必死に抵抗したかもしれないが、今は違った。

「まあ……、『冗談』だしな」

苦笑して、稲葉は藤島に話を聞いて貰う。

なにか、自分一人では導《みちび》き出《だ》せない答えを求めて。

「――つまり、男を落とす方法を知りたい訳ね」

「そんなこと一言も言ってねえだろ！　どこをどう聞いたらそうなるんだよ!?」

オブラートに包んで話したためわかりにくかったとは思うが断じてそんな話はしてない！　さっきはちょっと感心したのにすぐこのザマだ！

「単純明解《たんじゅんめいかい》にして一番効果があるのは『お色気作戦』ね」

「アタシの話を聞け！」

「高校生男子なんて猿《さる》も同然なんだから、上手くやれば簡単に落とせるわ。あ、でも変に知恵《ちえ》をつけた猿に騙《だま》されて都合《つごう》のいい女にならないようにね」

「だからどんどん先に進むなっ！」

……しかし一理あるな、とこっそり心のメモ帳に書き残す。

「最近凄《すご》くいいアイデアを思いついたから、稲葉さんに教えてあげるわ」

「要《い》らねえよ！」

「本当にいいの？」

「……い、言いたかったら勝手に言えばいいだろ！」

別に聞きたくもないけど！

本当だぞ！

「そう、じゃあ好きに話させて貰うわ」

ふふん、と鼻を鳴らし、藤島は話を続ける。

「『吊《つ》り橋《ばし》効果』って聞いたことあるでしょ？　吊り橋を渡ることによるドキドキを、

恋のドキドキと勘違《かんちが》いしちゃうってやつね。それをちょっと応用して、更に効果のあるドキドキを日常で簡単に生み出しちゃうの」

「……どうやって？」

「『あーん』よ」

「あ、『あーん』？」

「そう、男の子に『あーん』をしてモノを食べさせてあげるのよ。よっぽどの女ったらしか朴念仁《ぼくねんじん》でもない限り、女の子に『あーん』されてドキドキしない男子ってまずあり得ないわ」

むむ。

「というか凄くドキドキするはずよ。そのドキドキを恋と勘違いさせてしまうの」

むむ。

「しかも女の子側が『あーん』をしてくるんだから、男の子も『こいつ俺に気があるんじゃね？』って勝手に妄想膨《もうそうふく》らませて更にドキドキしてくれる……」

むむむ。

「相手が童貞《どうてい》なら間違いなくイチコロよ！」

自信満々に胸を張り、藤島はビシリと言い切った。

「そう、童・貞ならね！」

「強調すべきところそこじゃねえだろ！」

「童貞の妄想は恐いから注意するんだゾ☆」

「お前の方が恐えよ！　なんで最後だけ急に作ったアニメ声なんだよ！」

稲葉が想像していた以上に藤島は変態だった。

藤島は稲葉をじっと見つめ、「うん、いいつっこみね」と真顔で評価している。

とりあえず話を戻そう。

「でもその『あーん』をする状況にまで持っていくのが難しそうだな」

「それは当人の頑張り次第ね。いくらなんでもその程度は頑張って貰わなきゃ、自分の恋なんだから」

自分の、恋なんだから。

「私はこれをオームの法則《ほうそく》並みの発見だと思ってるわ。名付けて『あーんの法則』ね」

「そんなに上手いことかかってねえよ！」

やりたい放題過ぎるぞ。

「ふう。とにかく、稲葉さんが元気になっていつもの感じに戻ってくれてよかったわ」

そして、ふいにそう言う。

やわらかく、優しく。

「藤島……」

油断していると、こうだ。全く。

「……すげえ綺麗にまとめたな」

でしょ、と藤島はクールにメガネを持ち上げた。

「しかしなんだ？　いつもの感じって？」

少し引っかかる言葉だったので稲葉は尋ねた。

「ちょっと前まで色々変だったじゃない。永瀬さんとも喧嘩《けんか》するし。まあ今も変なのは続いてるけど」

「変なのが……続いてる？」

『欲望解放』現象が起こっている時と同等と思われるほどに、今の自分も『変』なのか。

「うん、変よ」

「それは、アタシが変化しようと、変わろうと思っているからで」

「変化……キャラチェンジ……。それは誰かのため？」

光の加減で、藤島のメガネのレンズに稲葉の姿が映り込む。

「誰かの……。いや、自分のためかな」

稲葉が言うと、藤島は「そう、ならいいか。じゃあ頑張って悩んで」と訳知り顔で言い残し去っていった。

藤島と別れた後、一人で稲葉は気合いを入れ直した。

ともかくうだうだしていても仕方がない。藤島が投入してくれた燃料を、目いっぱい自分の推進力《すいしんりょく》に変えてやる。

弱りかけた心はギリギリ立て直せた、はずだ。

『変』と言われたのはショックだったが……いや、余計なことは思い出さなくていい。

かなり遅ればせながら稲葉は部室に到着。

扉を開く。

部屋に入ると伊織の声がすぐに耳に飛び込んできた。

「うーん、稲葉んって女の子っぽくなく見えてもあれは見せかけだけだから、案外乙女《おとめ》な一面が——うぉい稲葉ん!?」

「なんだ、アタシの話をしていたのか？」

尋ねると、部室にいた伊織と太一と唯と青木義文とが一斉に下を向いて、さっきまでやっていたらしい各自の作業に戻る。

「おい、なにかあるのかよ？」

「……おお、稲葉。遅かったな」

太一が返答する。

「ちょっとな」

稲葉も席に着く。

皆、目を合わせようとしない。なにかを隠しているような雰囲気だ。

なんなんだよ。一人だけのけ者かよ。

……って誰がそんなこと認めるか、無理矢理聞き出して——。

稲葉が視線を巡らす。

他の四人全員がその視線から逃げる。

無理矢理にでも聞きだす。いつもの自分なら、間違いなく、そうするはずで、そうするのが稲葉姫子で、だから、でも。

無理矢理聞き出せ——なかった。

稲葉は黙って、パソコンを起動するための準備を始める。

自分は変わろうとしている。けど上手くいかない。変だと言われる。もしかしたら一番わかって欲しい人に変化を望まれていないかもしれない。そして、周りの様子が変になっている。

全てが、悪い方向に流れている気がする。

思考がマイナスマイナスに動いている。ダメだ。悪いクセだ。止めなければ。

しかし、わかっているのにマイナスに突き進むベクトルは止められない。

おかげで進行中のミッションを含めて、部室でやろうとしていたことはなに一つ進展しなかった。

■□■

翌日の空は清々《すがすが》しく澄《す》み渡《わた》っていた。

一晩寝れば、マイナスベクトルも大方リセット完了。

悩んでうじうじしていた自分は、気力でもって明後日《あさって》の方向へ吹き飛ばす。

まだまだ、諦めるのは早過ぎる。作戦を立てていきなり上手くいくはずもないのだ。

今日はまた心機一転《しんきいってん》、ミッションに取りかかろう。

『太一ミッション』フェーズ⑤

「だからこの問題はこうだろ？」

稲葉は太一の前の机に座って、太一の勉強を手伝ってやっている。

「む、なるほど。この数字をこっちに移行《いこう》すれば……なるほど。で、代入《だいにゅう》、と」

「簡単だろ？」

「確かにこれに気づけばな……。ありがとう、助かったよ」

それよりもお前には気づくべきことがあるだろう、と稲葉は心の中で呟く。

今自分は、机の上に陣取《じんど》って足を組んでいる。

つまり座っている太一の目の前に、自分の足がある訳だ。

しかも、今日のスカート丈はいつもよりちょっと短くしてある。

更に、『ノー』スパッツ。

流石にパンチラはしないがこのギリギリ感は相当……くるはずだ（稲葉姫子調べ）。

藤島の案に乗せられたつもりも（断じて）ないが、相手をドキドキさせ、意識させる手は悪くないと思う。

まだ太一との距離感は計《はか》り切れていない。が、とりあえず太一もやりやすそうな友達
の距離感でいて、要所要所で『女』を意識させていくのはよい考えだと思う。

それにしてもこの男、なかなか視線を上げようとしない。そんなに数学が好きか。

一度足を組み替えてやろうか、と稲葉は考える。

しかしそうなれば一瞬とはいえ完全にパンツが『チラリ』してしまうことになる。

流石にそれは……いや、でもここで勝負をかければ——。

ちらっ。

その時太一が視線を上げた。

そしてすぐまた下を向く。

一瞬だったが確実に見た。やはり意識はしているか。しかも効果アリと見た。

太一は若干赤い顔で頰《ほほ》を搔《か》く。

「あの……稲葉？」

「なんだ？」

心持ち、色っぽく応えてみる。

「…………パンツ見えてるぞ」

「見えてたのかよおおおおお！」

叫びながら稲葉は太一の顔面を蹴り上げた。

太一は鼻から出血する惨事《さんじ》に見舞われていた（後で死ぬほど謝った）。

『伊織ミッション』フェーズ⑤

もうくどくどまどろっこしいことをしていても、事態は進展しない。

周囲を攻めてダメならば、直接対峙《たいじ》するまでだ。

「わたしが、『稲葉んが太一を好きになって奪《うば》い取《と》ろうとしていること』を嫌に思っていないかって？」

稲葉が投げかけた問いを、伊織はさっくり換言《かんげん》する。

「まあそういうことなんだが……はっきり言い過ぎじゃないか？」

もう少しオブラートに包んで聞いたのに。

「え～、だって『まどろっこしいよりはっきりしてる方が好き』っていつも言うのは稲葉んでしょ？」

「それも、そうなんだが」

どうも最近、伊織との立ち位置が逆転しつつある気がしてならない。本当に、伊織は強くなっていると思う。

「でしょね、でしょね？　で、えーと、嫌に思ってないかって話ね。大丈夫、そんなことなにいよ。だって太一がわたしのものな訳でもないし、付き合ってもないし。どこに嫌になる要素があるのさ？」

「でも」

「そーいうのはいいって、あの校外学習の日に言ってたでしょ？　それともなに、あの時言った稲葉んの言葉は嘘《うそ》だったの？」

「……嘘なわけ、あるか」

人生を振り返ってみても、あれだけ本音をぶつけ合った経験は他に思い当たらない。

あの時確かに、自分は分厚《ぶあつ》い殻《から》を破ったのだ。

「じゃあ稲葉んのやることは、正々堂々戦うことだけだ」

「伊織はそれで、いいのか？」

「いい。てゆーか稲葉んがいてくれる方が心強い。……なんか、自分の選択は間違ってないんだって思える」

その言葉を発する時、伊織の表情がわずかに陰《かげ》った気がした。

「なんだそりゃ？」

「なんだろうね？」

あははーとあっけらかんと伊織は笑う。

誤魔化《ごまか》すために笑っているようにも、心の底から笑っているようにも見える。

本当にいくら見極めようとしても、心の一番奥底が読めない奴だ。

「そゆことだからさ、稲葉ん。たまに二人で恋愛相談しようね。どうやれば好きな人が振り向いてくれるか、ってさ」

「その好きな相手が同じで敵同士なのに？」

「敵じゃないよ。ライバル、だよ？」

「ライバル……ねぇ」

あまり変わっていない気もするが。

「敵は潰《つぶ》し合うけどライバルは切磋琢磨《せっさたくま》し合うでしょ？　ライバルがいることはいいことだ！」

ぶいっと伊織はピースサインを作り、その後やわらかい笑顔を見せた。

「そっか。稲葉んはそれを気にして、ちょっと『変』だったんだね」

「え……？　変？」

また、変と言われた。

それは自分が変われたからこそ言われることで、その意味では喜ぶべきことだ。

しかしなにか、間違っているような感覚もある。それに変われているというのに、結果が出る気配はない。

「ん、そうでしょ？　大切なこともすっぱり忘れてるみたいだし。わざとやってくれてるのかもしれないけど」

「大切なこと？」

「あれ？　もしかして本当に気づいてない？　あーじゃあいいや。なんでもないから」

なんだ？

自分の知らないところで、なにかが進行している？

「気になるだろ、なんでもないって言われても」

「い・い・の。それよりっ、この前一緒について来てくれるって約束した服の返品の件なんだけどさあ、あれやっぱわたし一人でいくよ」

確かにそんな話をしていたな、と稲葉は思い出す。

「そうか。いや、やっぱアタシもついて行く。お前一人だとなんか不安だから」

「あ～、また子供扱いして～」

気づいたら話題が変えられて、伊織のペースに巻き込まれて、話の流れを元に戻すことはできなくなっていた。

■□■

意気込んで、すべきことを『ミッション』などとしたのはいい。

しかしいくら戦略を立てても、実行できなければ意味はない。

『太一ミッション』も『伊織ミッション』も思うようになってくれない（『伊織ミッション』に関してはもしかしたらもう成功しているのかもしれないが。ただどうにも納得がいかない）。だから『三角関係ミッション』も手つかずだ。

がっつくのは違う。縋《すが》るのも違う。計略《けいりやく》と策略《さくりやく》を駆使《くし》して勝負するのが自分のやり方。

もしかして、その前提《ぜんてい》が誤っている？

もっと自分を変えて、がっついて、必死に縋って戦うのが正しい？

変えて、変わって、今までの自分を捨て去って。

捨て去る？

そう思った時、急に足下がぐらつく錯覚《さっかく》に囚《とら》われた。

部室の扉を開く。

今日もまた、稲葉が最後の到着だった。

「だからやっぱり――のっと!?」

話している途中だった青木が口をつぐむ。

それと同時に、顔をつきあわせていた太一と伊織と唯と青木の四人全員が、タイミングを合わせたように体を離した。

ぐらぐら。

足下が揺れる。脳も揺れる。目眩《めまい》に襲われる。それは全部錯覚。

でも、自分の居場所が不安定になっているのは、――錯覚ではない。

変わっている。だから動いている。だから不安定。

だから、だから、でも。

なんだ、とは、口に出せなかった。

確かめてみて、その不安定が事実だったらどうする。

気にしていないフリをして椅子に座り、パソコンを立ち上げる。

考えないでおこうとはするが、脳は高速で回転する。

四人だけで話し、自分には言えないこととはいったいなんなのだ。

嫌な方に嫌な方に、妄想は進んでしまう。

自分が太一に告白をして伊織に宣戦布告したことが、問題視されているのではないだろうか。あいつをどうしようと、そんな話し合いが行われているのではないだろうか。

もちろん、そんなことを言うような奴らではないと、わかっているのだ。

わかっているつもりなのだが、不安なのだ。

人からは論理的、理性的なんて思われることもあるが、とんでもない。

自分は誰よりもそんな言葉からほど遠い。

ないとわかっていても疑って、不安になって、一人で沈み込んでいるような人間が、稲葉姫子だった。

ああ、本格的にダメになってきた。

ぐらぐら。

自分のとるべき態度や行動がわからなくなる。

変わらなくちゃ。――どこを踏み台にして？

変わらなくちゃ。――全くのゼロから始めて？

変わらなくちゃ。――変わらなくちゃ。

変われば、太一は、伊織は、唯は、青木は、他のみんなは？

その日も、やろうと思っていた作業は全くはかどらなかった。

■□■

翌日はミッションを行う気にもなれず、稲葉は午前中からぼんやりと過ごした。

あれとかこれとかどうしようかなと、考える。

しかし一つも意味をなす答えを生み出せない。

放課後になって、部室に行く時間になった。

ふと目をやると、伊織と太一が自分の方を見てひそひそ話をしている。

そして自分の視線に気づくと、二人はさっと体を離す。伊織が笑顔で太一の肩をぽんぽんと叩き、先に教室から出ていった。

稲葉が教室を出ようとすると、太一が近づいてきた。

「稲葉。ちょっと待ってくれ」

太一が自分の前に立《た》ち塞《ふさ》がる。

「……なんだ？」

声は自然と低くなってしまっていた。

「いや、その、ちょっと話したいことがあってだな」

「部室に行きながら喋ればいいだろ？」

「そ、それはダメなんだ。ちょっと、一旦座ろうか、な？」

「だから、なんの話なんだって？」

いくら訊いても、太一ははっきりとしない。

だんだんとイライラしてきた。

元はと言えば元凶はこの男なのだ。

自分が今こんなにぐちゃぐちゃになっているのも。

ぐらぐらと足場が不安定になっているのも。

この男がさっさと伊織と付き合ってしまわないから。

この男が自分にも優しくするから。

この男を――好きになってしまったから。

責任を、取れ。

無責任に稲葉は思う。

「なんなんだよっ!?」

邪険《じゃけん》に太一を押して、先に進もうとする。

「お、怒らなくてもいいだろ。な、だからちょっとだけ待ってくれって」

「つーか話があるならさっさと言えばいいだろっ」

「うん、わかったから。……って歩いて部室に行こうとするなよ！」

「歩きながらでいいだろうが」

「よくねえよっ。大事な、話なんだよっ」

大事な、話。

ぴたっと稲葉は動きを止めた。

そして太一に向き直る。

「なん……だ？」

真っ直ぐに太一を見つめて、訊く。

はっきりと、太一が息を呑《の》んだのがわかった。

「あ、えっと、その……」

気まずそうに目を伏せ、なにも言わない。

なんだ、なんなんだ。

大事な話なんて言い方をして、結局なにも考えてないのか。

自分の言葉に、自分の行動に、どれだけの意味があるかわかっているのか。

稲葉姫子にとって、どれだけの意味があるか、わかっているのか。

「お前はアタシがこんな風に――」

その時、――やたらと軽快《けいかい》な音楽が太一の体から流れ出した。

「やばっ！　マナーモードにし忘れてたか!?」

慌てた様子の太一がポケットから携帯電話を取り出す。

「青木！　……うん……もう準備できた？　た、助かった……。けど予定より大分早いような気が――」

■□■

「「「「ハッピーバースデー稲葉！」」」」「ん！」

稲葉が太一に促《うなが》されて部室に入ると同時、クラッカーが鳴る。

数秒ほど、思考も停止させて稲葉はただただ固まる。

ハッピー……？

バースデー……？

部室は色紙のリングで作った鎖《くさり》によって飾り付けがなされている。

豪華《ごうか》さなんてないけれど、胸にじんときた。

「おいおいどうしたんだい稲葉ん？　感動のあまり声も出せないのかい？」

伊織が、ニコニコと嬉しそうに笑みを零《こぼ》す。

「とりあえず稲葉、奥に入れって」

太一に軽く背を押され、背を押されている間だけふらふらと足を前に進める。

脳は、まだ正常に稼働《かどう》しない。

「それじゃ早速プレゼントの発表を～。ほいっ」

青木がテーブルの上に置かれていた箱の蓋《ふた》を取る。


『HAPPY　BIRTHDAY!　HIMEKO!』


まず、真ん中に置かれたホワイトチョコレートボードの文字が、稲葉の目に飛び込んできた。

イチゴ。キウイ。オレンジ。モモ。メロン。パイナップル。ブルーベリー。

様々な種類のフルーツがこれでもかとぎゅうぎゅうと押し合い圧《へ》し合いてんこ盛りにされている、チョコレートクリームベースのホールケーキだ。

ナパージュでコーティングされたフルーツ達が、きらきらと宝石《ほうせき》のように輝いている。

いや、宝石以上に輝いている。

眩しくて、視界がぼやける。

「これ、いつ用意したんだ……？」

どうでもいいことなのに、そんなことを聞いてしまう。先に、言うべきことがあるはずなのに。

「ん、予約してあったのを、あたしが放課後ダッシュで取りに行ったのよ」

桐山がちょっと誇《ほこ》らしげに胸を張る。

「ダッシュというか最早《もはや》神速《しんそく》の域《いき》だったけどね！」と青木。

「おかげで助かったよ。初めに言ってた足止め時間全然達成できそうになくて……」

太一がふぅと息をついている。

「ま、太一が稲葉を器用に止めるなんて、無理だろうって思ってたからね」

「桐山の俺に対する信頼度は……」

「気にしない気にしない。でね、稲葉。稲葉が下の名前で呼ばれるの好きじゃないって
わかってるけど、ケーキに描くなら下の名前じゃないと可愛くないかなって……」

「いや、大丈夫だよ、……それで」

そっちの方が本当は凄く凄く嬉しいよとは、言えなかった。

「あれ～？　もしかして稲葉ん泣いてんの～？」

俯《うつむ》く稲葉の顔を、下から伊織が覗《のぞ》き込《こ》んできた。

「ば、バカっ！　誰が泣くか……よ」

さっ、と横を向いて目元を袖《そで》で拭《ぬぐ》った。

泣いてない。泣いてない。

涙は零していないから泣いてない。

「ほらねっ、稲葉んこういう方が喜んでくれるでしょ？　稲葉んが普段好きだから、実
用的なモノをあげればいい、って話じゃないんだよ。わかった、太一？」

「……はい、今後の参考にいたします」

これ、だったんだ。

稲葉はやっとそのことに気づく。

ここのところ皆がなにかを隠し、こそこそ話し合っているようだったのは。

「てゆーか稲葉いつまで立ちっぱなしなのよ。びっくりし過ぎじゃない？ ……まさか本当に自分の誕生日忘れてたの？」

返事はしなかったけれど、唯の言う通りだった。

思えば今日の朝、親に晩飯《ばんめし》の店予約したと言われていた。家族揃《そろ》って外食なんて珍《めずら》しいと思っていたのだが、そういうことだったのか。

なぜ、十六年間も生きてきて、今更《いまさら》自分の誕生日を忘れていたのだろうか。

もう一度、伊織が稲葉の方に向き直った。

「ねえ稲葉ん？　なんか最近稲葉んらしくないよ。そりゃ色々あったとは思うけど……」

「アタシらしくない……ってなにがだ？」

『変』とは散々言われたが。

「頑張り過ぎというか、気を張り過ぎというか、視野が狭くなっているというか」

視野が狭くなっている。確かにそうかもしれない。

ここのところ周りが見えていなかった。独《ひと》り相撲《ずもう》で失敗ばかりだった気もする。

けれど。

「変わろうと思ったんだよ。もっと強くて、……いい人間に」

そう伝えると、ぷっと伊織が吹き出した。

「稲葉んなんて普段からお人好しじゃん。これ以上お人好しになってどうするのさ」

「いや『お人好し』なんて言葉、アタシからかけ離れてるだろ」

「お人好しじゃなかったら、わたしが服を返品するのに『心配だからついて行く』なんて言わないよ」

あ、そういえば中山ちゃんの調べ物のお願いも聞いてあげたんだってね、と付け加えて伊織は苦笑した。

「嫌な顔もせずに勉強に付き合ってくれたりもしないだろうし」

太一が言う。

「『文研新聞』のあたしがやる分の作業を代わりにやる、とも言わないでしょうしね」

桐山も流れに乗って言う。

「オレも……。……えーと。い、いい例は思い浮かばないけどお世話になりっぱなしなのは確かだよ！」

最後に青木も続いた。

「あんたはしょっちゅう迷惑かけて尻拭《しりぬぐ》いして貰ってるでしょうが。なんで例が思い浮かばないのよ」

桐山が青木にぴしゃりとつっこむ。

「いや～、あり過ぎてわからない？　みたいな、ははは」と青木がふざけたことを言っている横で、伊織が口を開く。

「そりゃ変わろうとするのは悪くないと思うけどさ。変わるのってそんなに劇的《げきてき》なものなの？　ていうか稲葉んも、まだ半年ちょっとの付き合いだけど、自然と変わってきてるよ？」

自然と、自分が変われている？

「だって前なら、『情報はアタシが集めた武器なんだから簡単に晒《さら》せるか』みたいなこと言って、中山ちゃんのお願い聞いてあげてなかったと思うし」

自分は、特に変わろうと思わなくても、変わっている。

だけど、今無理矢理に変わろうと思っている自分は歯車《はぐるま》がずれている。

あの劇的な出来事のおかげで、熱に浮かされ気持ちだけが前のめりになっていたかもしれない。

それにしても本格的に敵《かな》わないな、と稲葉は思う。

脆《もろ》いくせに強くて、自分の心はわからないというくせに人の心は見透かして。

本当に、永瀬伊織は底が知れない。

わかっているようで、実は伊織のことを全くわかっていないのではないかという気さえする。

「はい、じゃあ稲葉んは早いとこ席に着いて！　準備、準備、ローソクローソクっと」

「ちょっと伊織。学校内は火気厳禁《かきげんきん》でしょ？」

「えー、これくらいはオッケーっしょ」

「……まあケーキ屋さんでロウソクは貰ってきたんだけど」

「流石は空気の読める子、唯！」

「では不肖《ふしょう》青木義文が、着火を担当させて頂きます！」

わいわいと、皆がロウソクの準備を始める。

「稲葉」

一人だけ準備の輪には入らず、太一が稲葉に近寄って来た。

少し声をひそめて、話し始める。

「稲葉があんな風に言ってくれてさ。俺、そんな経験なくて、どういう態度をとればいいかわからなくて……。ごめん、言い訳なんだけど」

あの最接近、あの告白以来初めて、太一がそのことについて口にした。

それは消えてはいなかった。

ちゃんと太一の心の中に残っていた。

「太一が謝る必要なんて。アタシが勝手にわがまま言って、気まずい思いをさせてるだけで……」

「でも、俺は前までの稲葉との関係を、個人的には気に入っているというか。凄く、居心地いいものを感じているから。できたら、それは続けていけたらと思っているから。

「……稲葉がどう考えてるかはわからないから、そうしたいとは言えないけど」

「あ……」

思わず、稲葉は声を漏《も》らしてしまった。

自分は変わらなきゃ、変わってやるんだと思っていた。

しかしだからといって、自分という存在を無視して、変わることだけを、結果だけを求めればいいのではない。

残すべきところまで、稲葉姫子が今現在持っているいいところまで変えてしまっては、意味がない。

『いい』ところ——。

それは、ちゃんと自分にもある。

それは、信じなければいけないことだ。

全てが『よくない』要素で構成されている人間など、いるはずもないのだから。

もっと自分に自信を持って。

残すべきよい面なんて、きっと、誰にでも。

「稲葉ん！」「稲葉！」「稲葉っちゃん！」

伊織が、唯が、青木が、稲葉を呼ぶ。

「行こうぜ、稲葉」

最後に太一が声をかけてきて、稲葉は右足を前に踏み出す。

今度こそ、ちゃんと地に足をつけて、自分の力を信じて進んで行こう、稲葉姫子はそう思う。

ちょっと焦り過ぎていたかもしれない。自分すら見失っていたのだ。

たぶん自分はこれからも、同じように何度も失敗するのだろう。

一度決意して、それだけでなんでもかんでも成功するなら、誰も人生に苦労しない。

決意して、そこから長い長い道のりが始まるのだ。

いきなり、劇的に、なんてやれるはずもない。

少しずつ、着実に、一歩ずつ。

それこそが正しい歩み方だ。

思いが切れそうになる時もあるだろう。嫌になってしまう時もあるだろう。躓《つまず》いてしまう時もあるだろう。正しい道から外れてしまう時もあるだろう。

でも——。

「よ〜し、ロウソクの準備完了！　じゃあ歌おっか、せ〜のっ」

伊織のかけ声を合図《あいず》に、みんなが声を揃えてハッピーバースデーの歌を歌い出す。

——でも、周りに、誰かがいてくれれば。

改めて、自分にしかできない自分なりのやり方で、稲葉姫子の逆襲劇を始めようじゃないか。

ハッピーバースデーの歌が終わる。

室内が拍手と歓声に包まれる。
燃え上がる決意と共に、稲葉は十六本のロウソクを吹き消す。

ペンタゴン++

──行く予定だった公立高校の試験《しけん》に落ちた。

学区《がっく》で一番の高校とはいえ、模試《もし》では合格率《ごうかくりつ》八十パーセントを弾《はじ》きだしていたのに。

実力が足りなかったとは思わない。ただ運が悪かった。

そういえば、自分より圧倒的《あっとうてき》に出来の悪かった同じ塾《じゅく》の奴はまぐれで受かったらしい。

本当に、ついてない。

そして入学することになったのは、滑《すべ》り止《ど》めの私立山星高校《しりつやまぼしこうこう》。そこそこの進学校で、校風《こうふう》もいいと評判《ひょうばん》の学校だとは聞く。けれどテンションなんて上がるはずもない。

スタートから灰色《はいいろ》。

なんとなく自分にお似合いじゃないか、と思った。

大抵《たいてい》の人間の人生なんて、そんなもんだろ。

……と思っていたら偶然《ぐうぜん》に偶然と偶然が重なって妙《みょう》なことになった。

偶然？　いや、必然《ひつぜん》？

そこで出会った人間達は、嫌《いや》というほど輝《かがや》いて見えた。

眩《まぶ》しくて反吐《へど》が出た。

たまにいるんだ、こんな奴らが。

薄汚れた世界の中で、バカみたいに光っている奴らが。

ただそういう奴らの行く末も、結局は自分達と同じになることがほとんどだ。

つまりは、汚《けが》されて薄汚《うすよご》れていく。それが普通。

でも、ごくごく稀《まれ》にそうならない奴がいるのも知っている。
生まれながらに祝福《しゅくふく》された、強運の持ち主達だ。
この連中はどうなるんだろうと疑問に思った。
そしてなぜ自分は、この連中を輝いていると感じたのだろうか。
不思議《ふしぎ》だった。疑問だった。謎《なぞ》だった。知りたいと思った。
そして、その正体を摑《つか》んだら、自分も同じように——いやいや。
なにバカみたいなこと考えちゃってんの自分？
そんなんじゃないから。
そんなもんないから。
ないない、あり得ない。
……でも知りてーな……。
……うん、そうそう。これは知りたいだけだから。ただそれだけの話だから。
本当に、憧《あこが》れているとかだけは絶対ないから。
いや、マジで。

◆◇◆

——高校生になったら変えたい、と思っていた。

所謂《いわゆる》高校デビューというやつだ。

でびゅー。うーんイイ響き。

別にすっごい子になろうなんてつもりはない。自分なんて高《たか》が知《し》れている。

でもちょっとくらい、憧れてみてもいいと思うのだ。

ドラマみたいな世界。

漫画《まんが》みたいな世界。

自分からかけ離れた世界。

その世界の主人公《しゅじんこう》になれなくたって構わないから、せめて隅《すみ》っこにいる住人にでも。

そう思って、意気《いき》込《ご》んでいたのも最初の内だけだった。気づいたら、結局はいつもの位置にいる。

びっくりするくらいに同じだった。

自分の位置はずーっとずーっとここなのかなー、と思う。

たぶんそうなんだろう。自分が世界から与《あた》えられた役割は、もう決まっているのだ。

それはちゃーんとわかっている。

自分という人間が、収まるべき場所ってものがやっぱりある。

世界なんて変えられない。

世界なんて変わらない。

そりゃまあ、世界ってとてつもなく大きいから。

世界から見たら自分は一ミクロンくらいだろうか。
ちっぽけな自分は、表舞台《おもてぶたい》に出ることもできずに流されていく。
しかし、そんな自分がその光景《こうけい》を見つけたのだ。
眩しかった。
こんなにも眩しいものを見ることができるなんて思わなかった。
自分が勝手に想像していた理想《りそう》が、まさしくそこにはあった。
衝撃《しょうげき》を受けた。びっくりした。あるんだなあと思った。嘘《うそ》かと思った。
そして、諦《あきら》めかけていた夢を思い出す。叶《かな》えられるんじゃないかと思う。
あそこに加わることが、できたなら。
いやいや自分なんて。
そんな権利も価値もない。あの世界を壊すことはできない。
いやいや、でもでも。
でももし、できるのであれば……って無理無理、なにを考えているんだって。
自分なんて、本当に。

◆
◇
◆

机を叩《たた》いてリズムを取り、パイプ椅子《いす》をぎしぎしと動かす。

漫画を開き、すぐ閉じたかと思ったらまた開く。

ぐるっと首を回して、部室の扉を見つめる。

「永瀬《ながせ》……、ちょっと落ち着けよ」

八重樫太一《やえがしたいち》が言うと、永瀬伊織《いおり》がバッと振り返った。

背中にかかるまでに伸びた髪《かみ》がふわっと舞う。絹糸《きぬいと》のような髪がなびく様子は、そのままテレビコマシャールに使えそうなくらいだ。

「にゃんだい太一！　そのまるでわたしがそわそわしてるみたいな言い草《ぐさ》は！」

「……してるだろ。今も軽く噛《か》んだし」

「か、噛んでないしっ」

「いや、絶対噛んだって」

「今日の太一恐いよ～！　いじめないでよ～！」

永瀬は机に突っ伏して頭を抱える。

後頭部《こうとうぶ》に、一年生の時トレードマークだった括《くく》られた後ろ髪は見えない。髪を伸ばした永瀬はとても大人っぽくなった。外見的にも、同時に内面的にもそう感じる時がある。

でも子供っぽくて明るいところも相変《あいか》わらずあって、それが、永瀬伊織なんだろうなと改めて思う。

そりゃ気になるって太一、と青木義文《あおきよしふみ》が声を上げる。

「だって初めての新入部員だしさー。それに、『当日のお楽しみ』ってことで素性《すじょう》も全く聞いてないし」

頭の後ろで腕《うで》を組んだ青木は、縦《たて》に長い体を伸ばしてリラックスモードだ。

「ま、まだ新入部員になると決まった訳じゃねえだろ！」

と、こちらは青木とは正反対にピリピリした様子の稲葉《いなば》姫子《ひめこ》だ。

ちなみに稲葉は、付き合って一カ月と少しになる太一の『彼女』である。

あの部活発表会の大騒動《だいそうどう》の終結《しゅうけつ》後、――更《さら》に言うならば〈ふうせんかずら〉の『感《かん》情伝導《じょうでんどう》』が終わったのとほぼ同時、太一と稲葉は恋人関係をスタートさせていた。

新しい春を迎えるのと同時、太一と稲葉も春を迎えたのだ。

「稲葉っちゃん、新入生に入って欲しいんじゃないの？　昨日は部員欲しい欲しいって言ってたじゃん」

「それはそうだが……。でも今日来る奴がロリっぽくて可愛《かわい》い女の子だったら……」

「だったら？」

青木が尋《たず》ね、太一も興味を持って耳を傾《かたむ》ける。

「……ロリコンでシスコンの太一が惚《ほ》れちゃう可能性があるだろ!?」

妙な心配をされていた。

太一と付き合いだしてから、稲葉はおかしな病《やまい》に侵《おか》されてしまった（永瀬は『デレばん症候群《しょうこうぐん》』と呼んでいる）。頻度《ひんど》自体は減っているのだが、今でも時々この病が発症《はっしょう》してしまう。

「杞憂《きゆう》にもほどがあるぞ。後……、俺はロリコンでもシスコンでもない！」

重要なので強調《きようちよう》しておきたい。間違ってもロリコンではない。そしてうちの妹はどこに出しても恥《は》ずかしくないくらい可愛いと思うし、妹のためなら火の中水の中どこへでも駆《か》けつけようとは思うが……断じてシスコンではない！

「ほ、ホントか？」

稲葉が顔を覗《のぞ》き込《こ》んでくる。

セミロングストレートの黒髪が傾く。ちょっと不安気に眉《まゆ》をひそめているが、切れ長の目と長いまつげを持つ凜《りん》とした顔立ちは、とても大人っぽくて綺麗《きれい》だ。

最近はどんどんと、艶《つや》っぽくなっている気もする。

なんて感想、なかなか口には出せないのだが。

「本当だよ。その……最近は大人っぽくて美人の方がタイプだし……。そういう子が見せる可愛くて屈託《くつたく》のない笑顔に弱いというか……。つまりは稲葉が……ええと」

大抵こんな情けない感じになってしまう。今も稲葉の顔は見られていない。

「ほいっ！」「うごっ!?」

何者かに頭を摑まれ強制的に左向け左をさせられた。

稲葉の顔とばっちり真正面から向かい合う。

「な～にを乙女《おとめ》みたいに照れてるんだい太一君は！　びしっと言ってやんな！」

頭上から声がする。もちろんこんな真似《まね》をするのは永瀬だ。

自分が稲葉と付き合いだしてすぐは、流石《さすが》に永瀬に遠慮《えんりょ》してしまう部分があった。けれどそんな遠慮を、永瀬は「いらん！　逆にうざい！」とはね飛ばし、今ではこの通り気の置けない関係である。

色々とあったのに、普通に友人として付き合ってくれる永瀬に、太一は心底感謝《しんそこかんしゃ》している。

……今は若干迷惑《じゃっかんめいわく》だが。

「び、びしっとってなんだよ？　てか放してくれよ」

「こらっ、頭を動かそうとしない。前見て、言ってあげなさい」

五十センチくらい先の距離で、稲葉がぱちぱちと瞬《まばた》きしている。

稲葉の瞬きの度《たび》に、己の心臓《しんぞう》が跳ね上がる気がする。

「なにを言ったら……いや」

またうだうだ逃げようとして、やめる。

言うべきことはわかっているだろう、そう自身に言い聞かせた。

「心配するな。俺は……稲葉が一番綺麗だと思うから」

ひゅー誰《だれ》もそこまでは要求《ようきゅう》してないのにー、との戯《ざ》れ言《ごと》が耳に届いた。

目の前の稲葉はびっくりしたように目を見開き、それから今度は、お菓子《かし》を山盛り貰《もら》った少女のように無邪気《むじゃき》な笑みを浮かべた。

「……………うん♡」

ずきゅん。

なんだか、よくわからないが、とにかく体の奥にぐうっときた。

「がはっ!? これが至近距離《しきんきょり》で受ける『デレばん』の破壊力《はかいりょく》……! わたしの中で文化革命《ぶんかかくめい》が起こって思わず藤島《ふじしま》さんとあれやこれやなってしまいそうなほど……!」

永瀬が壊れかけていた。

「おい、とりあえず俺の頭の固定《こてい》を解《と》いてくれないか?」

「そんなもん後回しだ! 青木隊員! やってくれたかね!」

「はいっ、伊織ちゃん隊長! 今のシーンを携帯《けいたい》のムービーでばっちり保存しました!」

「なっ、だからそういうのやめろって言ってるだろ!」

太一が叫《さけ》ぶと、頭の上から声が降《ふ》ってくる。

「シャラップ太一! こちとら毎日ベタベタラブラブなシーンを見せられてるんだ! ちょっとは遊ばないと胸焼けしてやってられないんだよ!」

「大丈夫だって太一。今度編集して、二人の愛《あい》の記録《きろく》としてプレゼントするからさ」

「大丈夫じゃねえよ青木! いい加減《かげん》手を放せ永瀬! 後、稲葉も注意してくれ!」

「ほんとだぞ〜。やめろよな〜。それにラブラブとか〜、愛の記録とか〜、全然そんなんじゃないし〜」

ダメだ、全身ふやけモードに入った稲葉は使い物にならない。

最早《もはや》まともな人間は部室にはいなかった。

「き、桐山《きりやま》はまだか！　新入部員を連れてくることになっている桐山は！」

一縷《いちる》の望《のぞ》みを託《たく》して太一は叫んだ。

と、視界の端《はし》で青木が「うんうん」となにか感じ入ったように頷《うなず》いている。

「どうしたんだよ青木？」

「ん？　やっと太一も解《ほぐ》れてきたなー、って思ってさ」

「解れて？」

「だって今日堅《かた》かったじゃん太一～。もしかしたら一番堅かったんじゃね？」

堅かった？　そんな風に見えていたのか？

その時、がちゃりと部室の扉が開いた。

ついにくるか、と身構える。

同時に太一は、こんな展開《てんかい》を迎える原因《げんいん》となる昨日の出来事を思い出していた。

◆◇◆

「新入生こな――――い！」

四月も下旬《げじゅん》のある日のこと、文化研究部《ぶんかけんきゅうぶ》部長《ぶちょう》、永瀬伊織が叫んだ。

部室のソファーの上で両手足を投げ出して、御機嫌斜《ごきげんなな》めの様相《ようそう》である。

相変わらず……いや、今はもっと本当の意味で、感情表現が豊かな奴だ。

その姿に憧れるのは、たぶんこれからも変わらないだろう、と八重樫太一は思う。

「五、六人は見学くらいしにくるなんて……、甘い見通しだったわね」

はぁ、と溜息《ためいき》を吐《つ》いた桐山唯《ゆい》が、ポニーテールにした栗色《くりいろ》の長髪を弄《もてあそ》んでいる。体育の時縛《しば》ったものを、今日はそのままにしているようだ。

「部活申請《しんせい》の締《し》め切《き》りまで今日合わせて後五日だよ、五日！　一週間もないんだよ～」

永瀬はソファーをぼふぼふ叩いている。

「やっぱビラだけじゃ無理なのか……」

「アタシの案がよくなかったって言うのかよ」

稲葉姫子が呟《つぶや》く。

「いやいやそういう意味じゃないよ稲葉ん。みんな同意してたんだしさ」

「でもゼロは不味《まず》くね？　なんなら今からでも新入生勧誘《かんゆう》のための活動を……」

そう言い出した青木義文を、桐山が遮《さえぎ》る。

「それは『なし』、でしょ？　今更《いまさら》決めたことを覆《くつがえ》すなんて」

「部員は欲しいと思うけど、俺も桐山に賛成《さんせい》かな」

太一も意見を述べる。

新年度になり、太一達は学年が一つ上がって二年生になった。

クラス替えもあって、他にも新年度特有《とくゆう》の行事が立て続けにあった。中でも四月いっぱいという長期に渡って大きなイベントとなるのは、一年生の部活動決めだ。

部活動への加入《かにゅう》が義務《ぎむ》づけられる山星高校では、このイベントに他の学校とは一風違ったドラマがある。

創立《そうりつ》二年目に突入した文化研究部も、他の部活と同じように、汗と涙の部活動勧誘期間を迎えた。

それに対して文研部が定《さだ》めた方針《ほうしん》は二つある。

一つ、こちらから積極的にアプローチをかける勧誘活動はしない。

二つ、ただし掲示板《けいじばん》にビラを貼《は》ったり、部活紹介の冊子《さっし》に活動紹介を掲載《けいさい》させたりの広報《こうほう》活動は行う、であった。

桐山が口を開く。

「明確《めいかく》な目的もない部活にわざわざ新入生を引き込むのは気が引ける。なにより……〈ふうせんかずら〉、だよね」

太一達文研部員五人を、異常《いじょう》な現象《げんしょう》へと巻き込む〈ふうせんかずら〉なる存在。

太一達が恐れたのは、〈ふうせんかずら〉が太一達を五人の仲間としてではなく、文研部に所属している人間として見ていないかということだ。

仮《かり》に後者なら、次に〈ふうせんかずら〉が現れた時、五人以外の誰かを巻き込んでしまうかもしれない。

そんな危険性がある環境《かんきょう》に、誰かを積極的に招《まね》き入《い》れられない。

でも、部員は欲しい。それに自分達がいつも通りでいることが、日常に帰《き》還《かん》するための最善策《さいぜんさく》だという見方が強まっている。第一〈ふうせんかずら〉に自分達の生活を邪魔《じゃま》される覚えはないし、新入部員が入ってきても、その子が同じく現象に晒《さら》されるとは限らない。逆に五人じゃなくなったことで〈ふうせんかずら〉は興味を失うかもしれない。でももしかするとそれは、他の誰かに〈ふうせんかずら〉の脅威《きょうい》を擦《なす》り付《つ》けるだけの可能性がある。そもそも〈ふうせんかずら〉は再び現れるのか。飽《あ》きたから去ってしまったなどという話には……と答えの出ない議論《ぎろん》が延々《えんえん》続いた。

そうして最終的に稲葉がまとめたのが、『呼び込みはしないが、来る者拒《こば》まず』という考え方だった。

「でもさ～。本当にこのまま新入生ゼロでいいの～？　後輩《こうはい》なしでまたわたし達だけで一年って、嫌じゃないけど寂《さび》しいっていうか」

永瀬のセリフに、青木が呼応《こおう》する。

「オレ達が築いた礎《いしずえ》を無にしたくないしね！　後ろの世代《せだい》にも残していきたいよなあ」

その気持ちは太一にもわかった。初めは成り行きかもしれないが、今、この文化研究部にはとても愛着《あいちゃく》がある。できればずっと、残ってくれれば嬉《うれ》しい。

「あたしも可愛～い女子の後輩をもふもふするって野望《やぼう》があるしな～」

桐山が言うと、稲葉も続く。

「うーんやっぱ、アタシもパシリにできる後輩は欲しいなあ。うん、絶対欲しい」

「桐山も大概《たいがい》だが稲葉の理由は不純《ふじゅん》過ぎるだろ」

「っていう太一の大して面白《おもしろ》くもないつっこみは置いとい、て」

「毒吐《どくは》いたな永瀬!?」

言うと、永瀬はあっはっはーと楽しそうに笑った。

「まあそれも置いといて」

「置くなよ」

自由人度がかなり高まってないか。

「太一はどうなの？　新入部員欲しいよね？」

永瀬が尋《たず》ねてくる。

「え？　ああ、そりゃ……」

しかし言いかけて、太一は先の言葉に一瞬《いっしゅん》詰まる。

「……新しい人間が入ってきたら、面白くなるよな」

「なんか入って欲しくなさそうじゃね、太一？」

青木に指摘《してき》され、「いや、そんなことは」と否定する。

口では否定しつつも、確かに今のでは嫌がっているように見えたな、と太一は思う。

「おい、そうなのか太一？」

稲葉も聞いてくる。

「そうじゃないって」

もっと力強く言おうと思うのに、あまり力が入らない。

「だとしたら……あ」

と、急に稲葉が顔を赤らめて、手で口の辺りを押さえた。

「なるほど……確かに新入生が入ると人数が増えるから、アタシと太一が絡《から》む機会《きかい》は減ってしまう。太一はそれを嫌がって……」

「くっそ！　最近はマシになったとはいえまだデレばん症候群は健在《けんざい》か！　どこをどうやったらそんな解釈《かいしゃく》になるのさ！」

永瀬がつっこむ。

「どうって、『恋』という変数《へんすう》で物事を解釈《かいしゃく》すれば当然じゃないか、えへっ」

「スイーツ脳《のう》やべぇ!?」

「スイーツっていいよな〜。甘くてとろけて……まるで恋みたいだ」

「稲葉あああん!?　食事は栄養《えいよう》を採る手段だろ的スタンスで、スイーツなんてバカにしてたはずでしょ!?　いくらなんでもデレばんモードだとキャラ変わり過ぎだよ〜！」

うろたえてる永瀬を見て、太一もふと漏《も》らす。

「永瀬もキャラ変わったよな。いつの間につっこみキャラに……」

「太一がつっこまないからでしょ！　稲葉ん亡《な》き今わたし一人じゃ回しきれないよ！　唯も青木もイジられキャラだし！」

「なんであたしが青木と同列《どうれつ》なのよ!?」

桐山が立ち上がって喚《わめ》く。

「まあまあ、唯。オレと一緒だからって照れなくても大丈夫だって」

「あんたも稲葉みたいにポジティブバカ解釈しなくていいのよ！」

「てか『稲葉ん亡き』ってなんだよ!?　アタシは死んでねえぞ！」

「だってデレばん状態になったら稲葉んの面影《おもかげ》もなくなるじゃんか～」

完全に収拾《しゅうしゅう》がつかなくなっていた。

ここは自分がなんとかしなくてはならない。

「みんな一旦落ち着こう！　このままだと『多人数参加のラダーマッチでまだ全員をダウンさせてないのに我先《われさき》にとラダーに上って、結局誰かに邪魔されてダメージを負う』という……あ、このたとえ上手《うま》くないな。すまん、もっと別のたとえを――」

「「「ここでプロレスたとえボケなんていらねーよ！」」」

……ボケてないのに。ぐすっ。

気を取り直して、稲葉が中心となって話し始める（ふやけモードからは脱《だっ》した模様《もよう》）。

やはり文研部は、稲葉が仕切らないと締《し》まらない。

「えー、とりあえず新入部員は欲しい。でも例の件があるから積極的な勧誘はしない。という方針自体に変わりなしだな？」

稲葉の問いかけに、他の四人が頷く。

「って、これじゃ今までと一緒じゃん。それじゃどーにもならないのに」

永瀬が溜息を吐く。

今はもう四月下旬だ。大半の生徒は入る部活を決めて仮入部しているはずだ。そうじゃなくても候補《こうほ》の部活の見学は終わらせているだろう。現に、一時期盛《さか》んだった新入生勧誘の声かけやビラ配りも、今は大分終息《しゅうそく》している。

うーん、と太一も含めてみんなで唸《うな》る。

しばらく続いた沈黙《ちんもく》は、稲葉によって破られた。

「……原点回帰《げんてんかいき》、しかないか」

「原点回帰？」

青木がオウム返しする。

「この部活がどうやって誕生《たんじょう》したか忘れたのか？」

言われて太一は思い出す。

一年前、自分達五人は、既存《きぞん》の部に入ろうとしなかった。五名以上の部員がいないと活動を認められない、という規則《きそく》に引っかかったはみ出し者が、自分達だった。

そんな連中が寄せ集められて、文化研究部ができたのだ。

「……なるほど、四月下旬なのに部活に入っていない、もしくは入ろうとした部活の存在が認められそうにない子を……」

納得《なっとく》したように永瀬は頷いた。

はみ出し者達の溜《た》まり場《ば》、それが、文研部の原点だった。

「それならその子自身のためにもなるな。でも、どうやって探すんだ？」

太一が呟いたところで、「あ」と桐山が声を出した。

「どうした？」

稲葉が尋ねる。

「あたしと同じ道場《どうじょう》の子で、今年から山星高校に入った子に……まさしく一年前のあたし達と同じ状況の子がいる」

ぱちん、と永瀬は指を鳴らす。

「それだっ、唯！　是非《ぜひ》その子を呼んでくるんだ！」

「え、でも入りたがるかどうかわかんないよ。……ちょっと難しい子だし。悪い子じゃないけど」

「変わってる子なのは織《お》り込《こ》み済みさ。去年同じ境遇《きょうぐう》だったくせに、わたし達が言うなって話だよ」

乗り気な永瀬がそう言い、青木も続く。

「一回呼んだらいいじゃん」

「パシれそうパシれなさそうは別に……入る入らないは別にしてな」

稲葉の場合は本音がだだ漏れだった。

「太一も、いいの？」

桐山に尋ねられ、太一は問い返す。

「俺か？」

「太一も、って言ってるんだからそりゃそうでしょ」

「あ、ああ……。だよな」

なぜだろう。答えは決まり切っているはずなのに、とっさに口から出てこない。

「……もちろん、じゃあ明日にでも連れてきてくれよ」

「決まり！　じゃあ頼むね、唯！　てゆーかどんな子？　男子、女子……いや、ここは当日のお楽しみにしておいた方が面白いか——」

はしゃぐ永瀬の声を、太一はどこか遠くの方に聞いていた。


部活申請締め切り日まで後、五日。

◆◇◆

部室の扉は開かれた。

しかしまだ人の影は見えない。

「ほらっ、おいで。『やっぱり帰る』？　ってそんな選択肢《せんたくし》ないわよ！」

廊下《ろうか》で桐山と、桐山が連れて来た新入生が揉《も》めているようだ。

「おいでってば！」

桐山が顔をぬっと覗かせる。両手でその誰かを引っ張っている。

部室にいる桐山以外の文研部四人は、固唾《かたず》を呑《の》んで入り口を見つめる。

男か、女か、それさえ知らない。いい奴か、悪い奴か。容姿《ようし》は、髪型は。性格は、趣味《しゅみ》は。入部するのか、しないのか。他の部に入らない理由は？

「えいっ」と桐山が力を込めると、その人物がバランスを崩《くず》しながら姿を現した。

太一とほぼ同じか少し小さいくらいの身長、細身だが空手《からて》をやっているためか筋肉《きんにく》もありバランスのいい体格、アシンメトリーのさっぱりした髪型の、――男子だった。

「……あ、ども」

男子は気怠《けだる》げに頭を下げる。

目は鋭《するど》く尖《とが》った印象がある。人によっては目つきが悪いと言うかもしれないが、凛々《りり》しいとも言えるだろう。その他も綺麗に整っていて、どこか中性的な雰囲気《ふんいき》が漂《ただよ》う。

まだ着始めて一カ月経っていないはずの制服も、かなり上手く着こなしていた。

「おお、男前だなぁ」

永瀬が一言にまとめた感想を述《の》べた。

好みが分かれそうでもあるが、格好《かっこう》いいと評価する人は多いだろうと思えた。

「いや、そんな。学校一可愛いって噂《うわさ》の先輩に言われても、逆に嫌みですよ」

少し低めで、冷たい印象の声色《こわいろ》だった。

「嫌みってことは……てかわたし学校一可愛いって一年の間で噂されてんの⁉」

「まあ」

「そっかー、髪伸ばしてから大人っぽくなったって褒《ほ》められるし、そうなるのもわかるけどさー」

「……あっさり肯定《こうてい》したな」

太一がつっこむと「あはっ、じょーだん、じょーだん」と永瀬は笑った。

「ちょい唯！　いつまでそいつの腕摑んでるのさ⁉」

大声を上げたのは青木だ。慌《あわ》てた様子でもある。

「え？　ああ、ごめんね。千尋《ちひろ》君」

「唯！　謝《あやま》るのはオレに対してでしょ⁉」

「なんであんたに謝る必要があるのよ。ウザイんですけど」

「……こ、氷のように冷めた目つき」

「これで部員全員っすか？」

品定《しなさだ》めするような目で太一達を見渡した男子が、桐山に尋ねる。

「うん、全員で五人だよ」

「ふーん」

含みのある顔で男子は頷く。なにかを企《たくら》んでいるよう……ではないか。

どん、と太一の隣《となり》で音がした。稲葉が机を叩いたらしい。

「おいっ、まずは席に着いてお互いに挨拶《あいさつ》だろうがっ！　ぼうっとしてないでお前らもお茶と茶菓子を用意しねえかっ」

「どこの家長《かちょう》だよ……」

太一は呟いておいた。


ひとまず自己紹介をする流れになった。

「桐山唯です……って、道場で長いこと一緒なんだからあたしは要らないわね。じゃあ伊織からお願いできる？」

「永瀬伊織でーす。一応部長やってます。ご存《ぞん》じの通《とお》りの美少女です、いぇい！」

「それを嫌みっぽくなく言えるって凄《すご》いよな」と太一は呟く。

「次、青木義文！　モットーは『楽しかったら大丈夫さ！』。そして君……後で唯との関係がどうなっているのかをオレに話すように！　もしライバル関係にあるならばその時は男らしく……勝負しようじゃないか！」

「いきなり脅《おど》すなよ」と太一は呟く。

「稲葉姫子。パソコン関係に多少詳《くわ》しい。そして隣にいる八重樫太一の……嫁《よめ》だ」

「嫁!?　そういう認識なのかお前は!?」

衝撃の事実だった。

男子は皆の自己紹介を、特に反応も見せず聞いている。

「次、太一だよ」

桐山に言われて、太一は我に返る。

「ああ……八重樫太一だ。プロレスは芸術《げいじゅつ》だと思っている。よろしく」

「凄っ、一点の迷いもないどや顔だ！　やっる〜！」

なぜか永瀬が喜んでいた。バカにされた気もする。

「じゃあ今度は千尋君ね」

「えー、宇和《うわ》千尋です。唯さんに無理矢理連れて来られました。どうぞよろしく」

宇和は簡素《かんそ》に言って頭を下げた。

「もうちょっとあるでしょ」

桐山が促《うなが》す。道場で上下関係があるためか、今の桐山はお姉さんっぽく振《ふ》る舞《ま》っている。

「特にないですよ。んー……じゃあ、唯さんと同じ道場にガキの頃から通ってます。趣味はしいて言うなら洋楽を聴《き》くこと。成績は上の方……くらいで？」

とりあえず言ってみた、という熱のない話し方だ。

「もう、せっかく部活紹介してあげてるんだから、ちゃんとしなさいよ」

「頼《たの》んでないですけど」

「でも部活を早く決めろって担任に注意されて、困ってるって言ってたじゃない！」

「困ってるとは言ってませんけど」

「か、可愛くないわねこの子は……！　顔は可愛いって言うか格好いいクセに」

宇和と桐山のやり取りを見て稲葉が囁《ささや》く。

「おい出たぞ、唯の男好きキャラが。ミーハーな奴だからはまると酷《ひど》そうだな」

「勝手なこと言わない！　男好きじゃない！　普通よ普通！」

キリがないと判断したのか、「はい終了～」と話を止め、永瀬が宇和に尋ねた。

「で、千尋君はわたし達見てどんな印象？　千尋君って呼んじゃってるけどいい？」

「そうっすね……」

目を逸《そ》らして、宇和は頰《ほほ》を掻《か》く。

「とにかく女子のレベル高いなー、と。なんで男子の新入部員が集まらないんだ？　って思ったんですけど、レベル高過ぎて入りづらいのかもしれないですね」

「レベル高過ぎて入りにくい？　そんなのあるもんなの？」

「ここに『俺なんていていいのかなー』みたいな」

「いやいや関係ないでしょ、そんなこと」

「……まあ、そっちの人にはわかんないでしょうね」

フッ、と宇和は目を細めて鼻で笑った。

その反応に永瀬は少し嫌そうな顔をしたが、すぐにまた笑顔に戻った。

「ま、わたし達が『文研部をよろしく！』ってアピール新入生にやってないしね」

「それで部員が集まらなくて焦《あせ》ってるんですか？」

「んー、理由は色々あるけどだいたい当たりかなー、あはは」

「ふうん。……でも本当、永瀬さんも稲葉さんもレベル高いですよ。そういえば『二人が同じ部活だ』って噂、クラスで聞いたことあった気もするし。ちなみに俺、永瀬さん結構タイプですよ」

「おうっと⁉　千尋君はそういうの言っちゃう系か、意外！」

永瀬はおどけた表情で両手を挙《あ》げてみせた。

そこで桐山がおずおずと尋ねかける。

「あのさ、千尋君。今、伊織と稲葉が同じ部活だって噂になってるって、言ってたけど、そこにアタシは……」

「入ってないみたいです」

「え⁉　あ、ああ、そうなんだ。うん、まあ別にいいんだけど。全然気にしてないけど。あたしって二人に比べたら全然だと思うしね、全然」

「唯さんってちんちくりんですしね」

「ち、ちんちくりんって言ったわね！　ちんちくりんって！　言った！　わね⁉」

「本当は唯さんも噂されてますすけど」

「うぅえぇ⁉　なにそれ、どういうこと⁉」

「俺にからかわれたってことですよ、唯さん」

見える。
心情的《しんじょうてき》には割って入りたいが、そうするのも大人げないし……と考えているように
を何度も繰り返す。しまいにじたばた体を動かしだした。
その二人の様子を、青木は険《けわ》しい表情で見つめている。口を開こうとして、やめる、
仲のよさそうな二人である。
「こ、こんにゃろ〰〰〰！」

青木も大変だな、と太一はちょっと同情《どうじょう》する。

稲葉が訊《き》く。

「で、宇和君はなんで部活を未《いま》だに決めてないんだ？　それとも入りたい部活があるけど五人集まらなくて公認《こうにん》を得られないとか？」

「空手部に入ろうとしていたんですけどね」

「けど、どうした？」

「ん～……ざっくり言えば、レベル低くて『練習にならないから籍《せき》だけ置いて幽霊部員《ゆうれいぶいん》になる』って言ったら、『舐《な》めてんのかお前』みたいな話になって」

「そりゃなるだろうが」

「直接的な言い方はしてないんすよ？　気《き》を遣《つか》って遠回しに言ったのになぁ」

「なら、お前の力不足だな。ちゃんと計画を練《ね》ったか？　そうだな、まず――」

「あくどい手を伝授《でんじゅ》しようとするんじゃない稲葉」

太一が止めに入った。

桐山が口を開く。

「空手部と揉めてから、面倒だって他の部も見に行かずで、それならって誘ったんだけど……」

「だから気を回して貰わないでいいですって。最終的にはなんとかしますし。……って何回も言ったのに唯さん強引《ごういん》だから」

「最後は千尋君も乗り気だったじゃない。あたしが強くなれたのは、この部活にいたからだって言ったら」

「もうっ、なによ！　千尋君のことなんて知らない！」

「じゃあ一度見に行きます、しか言ってないです。それもしつこいから言った訳で」

「じゃあ帰ります」

宇和が立ち上がると桐山が慌て出す。

「あっ、待って待って！　嘘だから！　ね？」

「冗談ですよ」

「む〜〜〜〜〜〜〜っ！」

放っておくといつまでも続きそうだった。

「いやー、年中こんな感じだと、唯は消費《しょうひ》カロリー多そうですなー」と永瀬は茶菓子をぱくついていた。……おい、さっきから一人で半分以上食べてないか？

「はいはいストップストップ！　唯も宇和も！」

　ついに見かねたのか青木が止めに入る。

「今は二人で喋《しゃべ》るんじゃなくて、初対面のオレ達と打《う》ち解《と》ける時間だろっ」

「そ、それもそうね」

「そう！　二人はまた道場行ってからでも時間が……それだけ時間があるってことだから……いやいや、大丈夫だよね！　オレと唯の絆《きずな》は誰にも邪魔されないくらい強いはずだから……うん、大丈夫……大丈夫さ、ははは」

　あのポジティブシンキングの青木が、若干弱気になりかけていた。

「まさか波乱《はらん》が起きるのか……」

「恐いことぼそっと言うなよ太一！　自分は幸せ全開だからってさぁ！」

　そこで稲葉がごほん、と咳払《せきばら》いをした。

「つーか結局、宇和君はうちの部活に入る気あるのか？　全くないのなら、こちらも無理に引き入れはしないが。……なんか生意気《なまいき》でパシリにならなさそうだし」

「おい、また黒い本音が漏れてるぞ」

　感情表現を素直にするようになってからというもの、稲葉は蛇口《じゃぐち》の緩《ゆる》みが激しい。

　稲葉の問いに、宇和は目線を逸らして考え込むポーズをとる。

「……どっかの部には入らなきゃいけないんだよなー。だから私学って嫌だったんですけどそれは置いといて。唯さんの話によると、出席が強制でもないらしいし……」

ひとしきり悩んだ後、特に感情も込めずに軽く言う。

「前向きに検討《けんとう》します、くらいで」

どう捉えるべきか迷う回答《かいとう》であったためか、太一も含めて文研部のメンバーは、上手い反応ができなかった。

そんな太一達を見渡してから、宇和は立ち上がる。

「じゃあ今日は帰ります。道場に行く日なんで」

鞄《かばん》を肩《かた》にかけ、扉に向かって歩く。

「って感じで自由にやらせて貰えるんすよね？　ダメなら早めに言ってくれれば入部届出しませんよ」

言い残して、宇和は扉を閉めた。

いつもの五人だけになった部室で、皆に向かって桐山が問いかける。

「……ってな感じでちょっと尖った子なんだけど……どうかな？」

◆◇◆

部活申請締め切り日まで後、四日。

「おはよう太一！」「八重樫君おっはよー！」

翌日、太一が自クラスである二年二組に入ると同時に、明るい声が聞こえた。

「おはよう、永瀬、中山《なかやま》」

声をかけてくれたのは、永瀬と、それから一年の時も同じクラスで、永瀬と特に仲のよかった中山真理子《まりこ》だ。

中山は今時珍《めずら》しいツインテールの似合う、快活《かいかつ》な女の子だ。お喋りが好きでいつもニコニコしているから友達も多い。だが勢《いきお》いがあり過ぎで、そこが太一にとってはちょっと苦手な部分だ。

「『おはよう』って八重樫君に朝から言われるとテンション上がるなー！　八重樫君の声って、前から落ち着きがあっていいなーって思ってたけど、最近色っぽさも加わってかなりいい感じだよ！　たぶん稲葉さんと付き合いだしたからだね、ひゅー！　ホント声だけ好きになっちゃいそうだよ声だけ！」

「……中山も朝から勢いがあっていいと思うぞ」

「あ、『こいつのテンションめんどくせえ』って顔してるー。どう思う伊織？」

「太一のテンションをこっちに合わせさすのだ！　決まってるじゃないか！」

「ほいきた！　上がれ〜、テンショーン！」

中山は顔をしかめて両手を開き、念を送る（ことを意図しているらしき）ポーズをとる。真剣な表情をしている。ここは……苦手でも乗るべきだろう！　流れ的に！

「て、テンショーン！」

太一は元気に見えるように、でも恥ずかしいので教室には響かないように、ほどよい大きさで叫んで右腕を突き上げた。

その時ちょうど扉から女の子二人組が入ってきた。

一人は栗色のロングヘアーをなびかせる桐山唯。

もう一人は、その桐山と一年の時同じクラスで一番仲良しだったという、栗原雪菜《くりはらゆきな》だ。

ウェーブのかけられた明るく染めた髪とすらりとした長身の栗原は、太一を冷めた目で見つめると隣にいる桐山に話しかけた。

「朝っぱらからあんたのお友達が変なことしてるけど」

「あたしの知り合いにこんな変な奴はいないわ」

「そ」

二人はさっさと自分達の席に向かおうとする。

「ま、待てっ！　これは永瀬と中山に強制されて……」

「いやー今日もいい天気だねー」

「だよねー」

永瀬と中山は太一に背中を向けて談笑《だんしょう》していた。

「明後日《あさって》の方向見てすっとぼけるなよ！」

朝から大分と遊ばれてしまっている。くそう。

「ははっ、八重樫ってやっぱ面白いねー」

栗原が笑う。サバサバとした印象の持ち主で、とてもいい奴でもある。

「面白いことをするつもりはゼロだが……」

「ダメじゃん、今の男は面白い話の一つや二つできないと……。ああ、八重樫は稲葉さんとラブラブだから構わないのか」

「ら、ラブラブって」

稲葉がなんの隠《かく》し立《だ》てもしないものだから、太一と稲葉が付き合っていることは色んなところにバレバレだ。

いいじゃん、その方がラブラブできるから、とこの前稲葉は言っていたが……はっ！やっぱり自分達はラブラブなのか！

そこで永瀬が声を上げる。

「聞いてくれるか雪菜ちゃん！　実は昨日も随分《ずいぶん》見せつけられて、堪《たま》ったもんじゃなかったんだよ！」

「とは言うものの」

中山が割って入る。

「『二人がさ～』って毎回ニヤニヤわたしに報告してくんのはどこのどいつだい！」

「う……確かにバカップルぶりを楽しんでいる自分もいる」

「バカップルじゃねえよ。……ないよな？」

確認すると、永瀬と桐山と中山が三人揃《そろ》って「ハッ」と笑った。なんなんだ。

栗原が口を開く。

「まあ節操《せっそう》もなくべたつくのはねー。けどいいんじゃない、今のうちのお楽しみでしょ。しばらくしたら落ち着くだろうし」

「そういうものなのか？」

「大抵はね。あたしも今の彼氏とそんな感じだしー。もう別れよっかなー」

栗原は恋愛経験が豊富《ほうふ》らしく、大変参考になる話をしてくれる。

「あたしは雪菜のその軽い感じ、好きじゃないなー」

桐山は不満げな顔だ。

「あんたはいつまで純情《じゅんじょう》な乙女ぶってんのよ、唯。ホントはエロいくせに」

「ぶっ!?」大胆発言《だいたんはつげん》に思わず太一が噴き出してしまった。

「エロくないわよ!?　どっっっからそんな捏造情報《ねつぞうじょうほう》出てきたのよ!?」

「え、だってこないだ雑誌の『そういう』ページ、ガン見してたじゃん？」

「ちっ、ちっ、ちがっ、あれはっ、そのページに出てた女の子がっ、可愛かったからであって……。……とにかくエロ目的じゃありませんっっ！」

顔を真っ赤にした桐山の肩を、永瀬がぽんぽんと叩く。

「うん、唯。わかったから。朝の教室でエロがどうとか叫ぶのやめようね」

「え？　あたし……今……いやあああ!?」

「はーい、予習《よしゅう》やってる人もいるんだからもうちょっと静かにしようねー」

ぱん、ぱん、と手を叩きながら近づいてきたのは、二年二組学級委員長に就任《しゅうにん》した、瀬戸内薫《せとうちかおる》だった。

「ごめんね、薫ちゃん」

永瀬が片目を瞑《つぶ》る。

「いいよ伊織。てかわいわいはいいんだよ？　少しボリューム下げてってだけで」

髪を染め、不良連中《ふりょうれんちゅう》と連《つる》み、文研部と因縁浅《いんねんあさ》からぬ瀬戸内も、今は黒髪ショートカットの優等生に変貌《へんぼう》している。耳に光るピアスだけが、派手《はで》なりだった頃の面影だ。

永瀬も含め、文研部はもう瀬戸内のことを許していた。

「変わろうとしている人間は応援したいしね」とは永瀬の弁《べん》。

ただ、若干根に持っている稲葉は、時々瀬戸内をこき使っているらしい。

中山が笑顔で話しかける。

「瀬戸内さんの学級委員長さんも、板についてきたね～」

「あはは、そうかな……ありがと」

二年二組は学級委員長への立候補者《りっこうほしゃ》は二人いた。

そこで投票《とうひょう》となったのだが、瀬戸内は当初、圧倒的に不利《ふり》と思われていた。

が、そうやって不利に思われたことによる同情票、加えてちょい不良から優等生キャラにクラスチェンジする姿ってなんか面白いし応援したくなるよねという票が集まり、まさかまさかの大勝利を収めたのである。

その、瀬戸内が勝利を収め、逆に辛酸《しんさん》をなめた人物とは……。

「わたしも、初めは絶対あの人じゃなきゃ違和感《いわかん》ある、って思ってたんだけど、意外や意外、そうでもなかったよね～」

どさっ。

鞄が床に落ちる音がして、太一は振り返る。

そこには二年二組学級委員選挙《せんきょ》の敗者《はいしゃ》、元・一年三組学級委員長の藤島麻衣子《まいこ》がいた。

一年の時は誰よりもびしっとしていたはずの藤島。だが今の藤島はかけたメガネがズレ、髪の纏《まと》め上《あ》げも不十分でだらしがない。

藤島は鞄を拾い上げると、ふらふらと歩いて自席に着いた。

気力の欠片《かけら》もないように、がっくりと首を折って項垂《うなだ》れる。

「あ！　藤島さんがダメなんじゃないよ！　ただ薫ちゃんが頑張《がんば》ってるって話！」

慌てて永瀬がフォローを入れる。

「いいのよ永瀬さん……。私なんて……学級委員長の器《うつわ》じゃなかったんだわ……。必死でみんなに尽くしてきたつもりだったのに……認めて貰えなかったんだから……」

あの恋愛神にまで上り詰めたはずの元・学級委員長は、敗戦により完全に燃え尽きていた。もう二週間もこの調子なのだ。

中山もツインテールを揺らしながら必死に声をかける。

「んな訳ないじゃん！　藤島さんは歴代最強《れきだいさいきょう》の学級委員長に間違《まちが》いなかったよ！　今

回は負けちゃったけど、恋愛マスターとしての活躍《かつやく》を期待している人も多いから！」

「なんで歴代最強なのに負けちゃうのよ……。学級委員長にもなれない私が、人の恋愛を救える訳ないじゃない……。私なんて、学級委員長でも愛の伝道師《でんどうし》でもない……ただの平クラスメイトAがお似合いなのよ……ふふふ」

不気味に薄《うす》ら笑いを浮かべる。藤島の傷は相当《そうとう》深かった。

今度は、藤島に敗北を味わわせた張本人《ちょうほんにん》の瀬戸内が話しかける。

「あの……藤島さん？　そこまで熱意があるなら、あたし譲《ゆず》るよ？　学級委員長ってポジションにこだわりがある訳でもないから……」

その言葉に、ぎらっと目つきを変えた藤島が顔を上げる。

「誰が憐《あわ》れみなんて受けるもんですか！　むきぃー！」

藤島は駄々《だだ》っ子のようにバンバン机を叩いていた。

「キャラ変わり過ぎだろ……」

太一は誰に向かってでもなく一人で呟く。

一年進級しただけなのに、随分色んな人のキャラが変わっている気がする。

春はそういう季節なのだろうか？

「それに……みんなが選んだのはあなたなのよ……！　だからこのクラスを纏めるのは……あなたしかいないのよっ、瀬戸内さん！」

「ふ……藤島さんっ……！」

二人はひしっと熱い握手《あくしゅ》を交わしていた。藤島に至っては左手で涙を拭《ぬぐ》っている。

栗原が小声で太一に話しかけてきた。

「ね、前から気になってたんだけど、あんたら元・一年三組って、学級委員長をどんだけ仰々《ぎょうぎょう》しいものと思ってる訳？」

「それは当時のクラスにいなきゃわかんねえよ。あの藤島のカリスマ性の下《もと》じゃ……」

遠い目をしていると、「一年の時聞いていた噂以上に凄そうね……」と栗原が引き気味に呟いていた。

握手を終えた藤島はまだ涙を拭っていた。

学級委員長という役職《やくしょく》に対する藤島の熱い想いに、やり過ぎだろと思いつつも太一も胸を打たれる。

なにか言葉をかけてあげたかった。

「藤島」

「……なに？　八重樫君」

メガネを直し、藤島は太一の方を向く。完全無欠《かんぜんむけつ》だった頃に比べて、隙《すき》だらけになったその姿は、完璧《かんぺき》さの面影と弱さが見事に共存していて、正直可愛かった。

「俺は、一年生の時藤島に何度も助けられた。だから、役職なんかなくたって、藤島は凄い奴だってわかってる」

「……凄くなんかないわよ」

「いや、凄いよ。藤島は自分を信じて自分のやりたいようにやれば、それで十分誰かのためになっちゃうんだから。自信持てよ」

臭《くさ》かったかな、と思い、太一は頭を掻いた。

「おおお、なるほど！　臭いセリフとそれを公衆《こうしゅう》の面前《めんぜん》で言える鈍《にぶ》い神経《しんけい》を武器にして稲葉さんを落としたのか！　てかその声でそのセリフやばいよ……うにゅっ!?」

興奮して騒ぎ出した中山を、永瀬がツインテールを引っ張って黙らせた（中山はツインテールで制御可能らしい）。

「八重樫君……」

藤島が軽く目を見開いて、太一を見つめる。

これに似たパターンに、太一は何度か遭遇《そうぐう》した経験がある。

いい雰囲気になって、それに見合ったことを言うのかと思ったら、毎度毎度ふざけた態度で肩すかしをされる。

間違いなく、ここで藤島は仕掛けてくる。

お約束の展開をかまして、いつもの最強で底が見えぬ藤島に戻ってくれるはず——。

「そ、そ、そんなこと言ったからって私にフラグは立たないんだからねっ！　八重樫君ハーレムの一員にはならないんだからねっ！」

……あれ？　反応が予想と違うぞ？

一瞬呆然《ぼうぜん》としてしまったが、すぐにつっこみどころ満載《まんさい》だったと思い出す。

「てゆーかフラグとかハーレムとかってなんだよ⁉　俺がいつ作ったんだよ⁉」

「ホント、その程度でフラグの立つ軽い女と思われてるって心外ね」

「立ててないし思ってねえよ」

どちらかと言うと藤島は難攻不落《なんこうふらく》の要塞《ようさい》だと思っている。

「でもきゅんときちゃった、……ありがと」

「会話が成り立ってないぞ⁉　でもどういたしまして……っていいのかこれで⁉」

どうしたんだ藤島麻衣子！

キャラを間違っているぞ藤島麻衣子！

変な気持ちになっちゃうじゃないか藤島麻衣子！

「目を覚ましてくれよ藤島。後なんでみんな『うわ～』みたいな顔してるんだよ」

と、そこで。

がしっ、と誰かに襟首《えりくび》を掴まれた。

そのまま後ろに向けて引力が発生する。

「うおおおおお⁉」

何者かに引きずられ、太一は転びそうになりつつもバックで走った。

「な、なんだよ……おぅ⁉」

振り返ると、一年に続いて同じクラスになった、渡瀬伸吾《わたせしんご》がいた。

険しい表情をしている。「また藤島さんと一緒のクラスになれた」と喜び浮かれていたサッカー部次期《じき》エース候補《こうほ》のつんつんウルフヘアーが、いつもより逆立っている。

そして渡瀬の後ろには、同じく険しい表情をしたクラスの男子達がいた。

「おい八重樫……どういうことだ！」

「お前がどういうことなんだよ渡瀬！」

「なんでお前は女の子だらけの集団に何食わぬ顔で溶《と》け込《こ》んでいるんだ⁉」

後ろの男子達が凄い勢いで首を縦に振っている。

「なんでって、朝登校したら話しかけられたから……」

「それだけで説明がつくか！　しかも全員可愛いって言われてる女子だし、バカみたいに仲よさそうだし、藤島さんとも……！」

渡瀬が必死なのは、狙っていると公言《こうげん》してははばからない藤島も関わっているからか。

「流れでなっただけで……。つーか話すくらいいいだろ」

「だからって俺達男との友情は無視《むし》かよ！　失望《しつぼう》したぞ！」

そうだ、そうだ、と男子達から渡瀬に掩護《えんご》射撃《しゃげき》が飛ぶ。

男子達は妙にヒートアップしていた。

このままでは不味い。なんとか太一は相手の口撃《こうげき》を緩める手を探す。

そして思い出した。

「けどお前もこの前、他校の女の子と遊ぶからって約束をすっぽかしたはず……」

サッカー部でさわやかイケメンの渡瀬は、普通にモテる男なのだ。

「なんだと……！」「お前も八重樫と一緒か！」「許さんぞお！」

今まで太一だけが内側で囲まれる形だったのが、めでたく渡瀬もそこに加わった。

「ちっ、違う……誤解だ！　……八重樫、なんてことしてくれたんだ⁉」

「事実を言ったまでだろ」

「それを言ったってお前が助かる訳じゃないのに～！」

太一と渡瀬は、仲よく二人でクラスの男子から揉みくちゃにされた。

しばらく攻撃を受けたが、味方のフリをして実は敵だったという悪質さ（？）から、渡瀬に皆の怒りが集中。おかげで太一が先に解放された。

「た、助かった……」

身代わりになってくれた渡瀬に感謝せねば、と思いながら太一は自分の席に向かう。

朝から本当に騒《さわ》がしい。二年生になっても楽しい学校生活が送れそうだ。

偶然にも、一年生の時仲《なか》がよかったり、関わりが深かったりした人の多くと一緒のクラスになれてよかった。

と、そこで太一の携帯電話がメールを受信した。

携帯を開いて見ると、送信者は稲葉姫子。

『なのになんで……なんでアタシはお前らと違う二年四組なんだよ⁉　しかも青木だけは一緒のクラスってなんの因果《いんが》だよ⁉』

「……たまただろう、としか言えんが」

ていうかメールがくるタイミングよ過ぎだろ。

◆◇◆

放課後《ほうかご》、部室にはいつもの文研部五人と、新入部員候補、宇和千尋が集合していた。

昨日の様子だと、今日は来そうもないと思っていたが、桐山が連れてきた。

ある程度文研部に加入する気はあるらしい。

「だからおかしいだろうよー。みんな同じクラスで固まってなんでアタシだけ……」

ふて腐《くさ》れた稲葉が愚痴《ぐち》る。

「仕方ないだろ、そう決まったんだから」

このやり取り何度目だろうな、と考えながら太一が応《こた》える。

「あ～、んなことなら裏から手を回せばよかった……」

「オレだって……まさかオレと唯が離ればなれになるなんて……」

青木が頭を抱える。

この光景も何度目だろうか。

永瀬が落ち着いた口調で言う。

「うん、今の二人を見てると、神様もわかってて太一と稲葉ん、唯と青木を別クラスにしたんじゃないかって気がするよ。一緒だったら相当うざそうだもん」

なかなか辛辣《しんらつ》だった。

「なんか、唯さんが道場で愚痴るのもわかる気が」

「なに!?　それは本当なのか宇和千尋!?　いや……それは愚痴ではなくのろけという解釈も……」

「なんでそうなるのよ!?」

青木のびっくりプラス思考に桐山が突っ込んだ。

「あ、そうだ。呼び名を決めないとね」

そう言い出したのは永瀬だ。

「呼び名って、名字で呼び捨てしてくれたらいいですけど。……ってか、まだ入るって決めた訳じゃ……」

「ダメダメ、呼び方って重要だから。初めが肝心《かんじん》なのだよ、こういうのは。太一なんて初めだけ名字で呼ぶ、って言って、未だにそのままなんだから」

「タイミングを見失って……。あの……、すいません」

太一の謝罪《しゃざい》の後、宇和千尋の呼び方決めに入る。

色々案が出た結果、結局『千尋』をそのまま採用《さいよう》することになった。

「まあ、なんでもいいんで」

「唯が『千尋君』って呼んでるから、収まりがいいよな、千尋」

稲葉が言う。

「わたしは『ちっひー』も捨てがたいけどなー」

今度は永瀬だ。

「アタシが『ちっひー』っつうのは似合わねえだろ」

「最近は似合いそうだけど……や、なんでもない。ま、個人的に使うことにしよーっと、いいよねちっひー！」

「なんでもいいって言っといてあれっすけど、ちっひーは流石に……」

「あたしはもう千尋君しかないし」

「千尋か」

続いて桐山と太一も言った。

そして、ここぞとばかりに青木が主張した。

「つか皆さん……この機会だからオレに対するあだ名を……いや、そんな大それた望みはしませんので、せめて下の名前で呼んでくれませんか！」

しかし必死の訴《うった》えも虚《むな》しく、申し出は当然のようにスルーされていた。

「……なぜだ⁉」

「もうそういうキャラで定着してるからじゃないか？」

青木だけは変わらないな、と思いつつ太一は言葉をかけた。

「残酷《ざんこく》過ぎるぜ太一……」

しかしいつも通りに見えて、どこか異なる雰囲気も感じる。

五つまでしか埋《う》まったことのない椅子が、六つ埋まっているから当然かもしれない。

でもそれ以上に、宇和千尋という異分子《いぶんし》の存在は、文研部に大きな影響をもたらしている気がする。

もちろん太一だって新しい部員は欲しいのだから、それが嫌、という訳ではないのだが——。


その時、誰かが部室の扉をノックする。


とんとん、と音が響くと同時、室内が無音《むおん》になった。

部室内に緊張が走る。

青木と桐山は身を固くし、稲葉と永瀬の眼光《がんこう》が鋭くなる。

一人、千尋だけが妙な顔をしていた。

「いや、お客さんみたいですけど……?」

千尋は知らない。

けれど文研部員は、この部屋への訪問者《ほうもんしゃ》が、自分達を除《のぞ》けばほぼゼロだと知っている。

唯一《ゆいいつ》いるもう一人の来訪者は、文化研究部顧問《こもん》かつジャズバンド部臨時《りんじ》アドバイザー、そして太一達のクラスである二年二組担任の、後藤龍善《ごとうりゅうぜん》だけだ。

そしてその後藤龍善には、別の存在が乗り移っていることがある。

とんとんとん。

先ほどよりも一回多いノックだ。

稲葉が全員に目配《めくば》せをして、それから声を発した。

「どうぞ」

恐る恐る、ゆっくりゆっくり扉が開いていく。

まず見えたのは、ふよふよと浮かぶ茶色の髪。続いてくりくりとした目が見えてきて、子犬っぽい顔を覗かせる。出したおでこが可愛らしい、ミディアムヘアのスタイルだ。

徐々《じょじょ》に全身が視界《しかい》に入ってくる。身長は桐山と同じくらいで小さい方。少し大きいかな、と思える制服に包まれた体は、ふわふわとやわらかそうだ。

全身を擬音《ぎおん》で表現するなら、ぽわぽわ、といった感じの可愛らしい女の子だった。

「……えっと？」

拍子抜けした様子の永瀬が訊く。

問われた女の子は背筋をびしっと伸ばして直立不動《ちょくりつふどう》。

それからすーはーすーはーと深呼吸をした後、ぎゅっと胸の辺りの服を掴んで意を決したように言った。

「わ、わ、わたし円城寺紫乃《えんじょうじしの》っていいます！　び、ビラに『見学者歓迎』ってあったので……えっと……させていただけたら……たい、です！」

まさかの見学希望者《きぼうしゃ》に文研部は大いに盛り上がった。

「ささっ、早く座って！　椅子はこちらに……あ、ソファーがいい？　ほぼ部長のわたし専用っぽいけど使ってもいいよ？　出血大サービスだ！」

「ねっ、ねっ、なんで来ようと思ったの!?　あのわかりにくいビラで!?　それともあたし達の話誰かから聞いた？　てゆーか可愛いよね!?　もふってしてていい!?」

特に永瀬と桐山はもの凄く興奮していた。

「後三日のところでよく来てくれたよ～！　こう見えても部長として責任《せきにん》感じたり感じなかったりでー！」

「見学ってことはまだ部活申請書《しんせいしょ》出してないってことだよね？　まだ部活決めてないんだよね？　ね？」

「え……やっ……あの……」

女の子は怯《おび》える小動物のようにきょろきょろと視線を巡らせている。

「困ってるじゃねえか。まず座らせてやれよ」

稲葉の注意を受けて「「はーい」」と二人が引き下がった。

「あ……失礼しま……」

パイプ椅子に座ろうとしたところで、女の子と千尋の目があった。

二秒ほど静止。

「えええええ!?　う、宇和君なんでここに!?」

「反応遅いし、驚き過ぎだっつの円城寺」

千尋は面倒臭そうに応じた。

「おろ？　知り合い？」

青木が尋ねると女の子がこくこくと頷く。

「は、はいっ。クラスが一緒で……そ、それに名前順が、で、並んだ時前後で……」

女の子はとても緊張しているようだ。

そりゃいきなり上級生だらけの部屋に飛び込んだのだから無理もない。そう思ったので太一は優しく話しかけた。

「クラスメイトがいるからちょっと安心できたかな？　リラックスしていいよ」

「ひゃ、ひゃいいいいいいい!?」

すると叫び声を上げて女の子が飛び上がった。

「なっ、どうした!?」

太一を含め全員が驚く。

「はっ……、すみませんすみませんっ！」

女の子はぺこぺこと頭を下げた。

「まず、座れ」

そこで稲葉が威圧的《いあってき》に命令する。

「あ……は、は、はいっ」

なぜか稲葉は……機嫌が悪そうに見えた。


文研部員達が先に自己紹介をした後、女の子にもお願いする。

「一年二組の円城寺紫乃、です。字は……」

「紫乃って言うの!? 可愛くない!? 紫乃ちゃんって呼ぼうね伊織!」

「よしきた唯! あだ名要らずのいい名前ってよく言われるだろ紫乃ちゃん!」

自己紹介する間も与えず桐山と永瀬が割って入った。

「字は……こんなんです」

鞄を漁《あさ》っていた円城寺は、ノートの表紙に書かれた名前を見せてくれた。

「なんか字並びかっけえ!」

「あ、ありがとうございます、青木先輩」

円城寺の表情が緩む。まだ堅《かた》いが、いくらか緊張も解けてきたようだ。

太一も声をかける。

「というかノートに名前って、高校生じゃ珍しいよな。いいことだと思うけど」

「わ、わ、わたしよく物をなくしちゃうものでっ!」

円城寺は顔を赤くして俯《うつむ》く。太一の顔を見てくれない。初対面だし、嫌われてはないと思うのだが。

「えっと、永瀬先輩と桐山先輩。『紫乃』って呼んでくれると、わたしも嬉しいです」

「スリーテンポくらい遅いね紫乃ちゃん！　お姉さんは無視されたのかと思ったよ！」

永瀬が言って、桐山も続く。

「でもそのマイペースさが可愛いよ紫乃ちゃん！」

「ご、ごめんなさい……」

「謝らなくていいって！　ただ伊織先輩って呼ぶのだぞ？」

「あたしも唯先輩って呼んでね？」

「はい、伊織先輩、唯先輩」

「『素直でか～わ～い～い～！』」

永瀬と桐山はいたく円城寺を気に入ったようだ。

円城寺は肩をかちこちにしながら稲葉を窺《うかが》う。

「あっと……、じゃあ稲葉先輩も姫子先輩と……」

「呼ぶなっ！」

「ひっ!?　ご、ご、ごめんなさいっ」

容赦《ようしゃ》のない稲葉に見かねた太一が言う。

「おい、稲葉。お前は確かに下の名前で呼ばれるのが嫌いらしいが、だからって事情も知らない円城寺に……」

「姫子って呼んでもいいのは太一だけだ！　わかったか！」

「あれ？　そういう理由？」

彼氏として凄く嬉しくもあり恥ずかしくもある。そして、これはそろそろ稲葉を『姫子』と呼べと求められているのか。

「わ、わかりました姫……じゃなくて稲葉先輩。か、か、確認なんですけど太一先輩と呼ぶことは……？」

「……………………ギリ、許す」

円城寺は太一にではなく稲葉にお伺《うかが》いを立てている。なにかが間違っている気がする。

「随分熟考《じゅくこう》したな」

しかも際《きわ》どかったのかよ。

「青木先輩は青木先輩でいいとして……」

「あれ紫乃ちゃん？　なんでここにきたばっかでオレの扱い方熟知《じゅくち》してんの？　それともオレがそう扱って欲しいみたいな空気出しちゃってる？　だとしたら改めたいんだけどどこが悪いのかな？」

深刻《しんこく》な様子の青木を無視して、円城寺は千尋の方を向いた。

ごくっと唾《つば》を飲み込んでから口を開く。

「宇和君も、千尋君……って呼んじゃっていいのかな？　あ、や、同級生に下の名前って嫌かもしれないけど、他の皆さんに、合わせた方がいいかなって」

「好きにしろよ」

「うん、わかってるよ。下の名前で呼んでるところをクラスの人に聞かれたら、わたしなんかと変な噂が立って迷惑になると思うけど、今この場に合わせるのも大事かなって思って、もちろん教室では名字で……って『千尋君』でいいの⁉」

「『紫乃ちゃんお～も～し～ろ～い～！』」

「だから好きにしろって。つーか、俺まだ正式に加入してないし」

千尋は冷めた口調で続ける。

「円城寺はもうここに入るって決めてるのか？　見学じゃなかったのか？」

千尋に問われ、円城寺はしばし固まっていた。

「……はっ！　そういえばわたしも入るって決めてないんだった！」

どうも天然《てんねん》が入っている子らしい。

「なのにもう入部したかのような顔をして……申し訳ないです」

しゅんとしてしまった円城寺に永瀬が言う。

「謝る必要なんてないよ！　文研部に入っちゃったらもう一緒じゃないか。ちっひーとも仲よさそうだしいいんじゃない？」

「ちっひー？」

「ちっひーとは、宇和千尋君のことだよ」

「なんだか、ひ弱っちい感じがしますね」

「喧嘩《けんか》売ってんのか円城寺？」

「う、売ってないですないです！」

「あっはっはっ、やるね～紫乃ちゃん」

永瀬は手を叩いて笑っていた。

「……楽しそうにして」

稲葉がぼそりと独りごちる。やっぱり機嫌が悪そうだ。

「問題でもあるのか？」

太一は尋ねてみた。

「……いや、なにも」

そう稲葉は言うが、なにかご不満なのは間違いないとわかる。

自分も伊達に彼氏はやっていないのだ。

さて、いったい稲葉はなにを気にしているのか……まさか。

「稲葉、お前……円城寺がロリっぽくて可愛い女の子だからって……」

「……ち、違うしっ。ぜ、全然違うしっ」

図星《ずぼし》らしかった。

バカみたいに開けっぴろげなこともあるクセに、恥ずかしがり屋で照れるところは照れる。

大胆で、臆病《おくびょう》で。そんな誰よりも面倒臭くて、誰よりも可愛い女の子が、稲葉姫子なのだ。

まあ確かに、円城寺も保護欲《ほごよく》をくすぐる可愛らしい女の子だと思うが……。

「いててててっ⁉」

太ももを稲葉に思い切りつねられた。

「なんでだよ⁉」

「……自分の胸に聞け」

これで鋭い勘《かん》と読みを持ち合わせているのだから恐ろしい彼女だ。

浮気は絶対にできないだろう。いや、する気なんてないけれども。

「太一先輩と稲葉先輩はなにをしてるんですか？」

円城寺の問いに桐山と永瀬が答える。

「あー気にしないで恒例《こうれい》行事《ぎょうじ》だから」

「そう、バカップルのね」

「へー、わたしバカップルって初めて見ました」

「さらっと毒吐くんだな、円城寺も」

しかも悪意ゼロでやっていそうだ。

太一の言葉に、円城寺は「ふ、へ、は、へ⁉」となぜか混乱していた。

円城寺は首をふるふると振ってから息を一つ吐く。

「……あれ？　バカップルってことは……太一先輩と稲葉先輩はお付き合いをしてるん

ですか⁉」

「じゃなきゃなんだと思ってたんだよ紫乃ちゃん！」

「その二周遅れな感じが可愛いよ紫乃ちゃん！」

永瀬と桐山がまた叫んでいた。

太一は思わず呟く。

「てゆーか二人共、円城寺がなにやっても可愛いって言うだろ」

これが女子の最強万能《ばんのう》言語『可愛い』か。

へー、はー、うわー、と感嘆《かんたん》の声を漏らしながら円城寺は太一と稲葉を見比べる。

「なんだよ？」

多少高圧的《こうあってき》に稲葉が訊く。

「えと、その、凄くお似合いだな〜って。わたしもこんな風になりたいな〜って。え、や、わたしなんかじゃ無理だから諦めてますよ？」

円城寺はそう言って弱く笑う。

「……お似合いで。……こんな風になりたい。つまり……アタシ達が目指したい理想のカップルに見える訳か」

「あ、そりゃなれるなんて思ってないですけど……だから憧れですね、憧れ！」

円城寺の言葉に、稲葉の頬が、面白いくらいににまーっと緩む。

「ふん、憧れか……。なんなら弟子《でし》にしてやってもいいぞ、紫乃。つーかお前可愛いよな。うん、学校でわかんないことがあったらなんでも聞きに来いよ」

「今お前 掌《てのひら》返しただろ！」

これだけ綺麗に掌を返す瞬間も、なかなか見られないだろう。

「ありがとうございます、稲葉先輩っ」

「なんなら恋愛マスターって呼んでもいいんだぞ？」

完全に調子に乗っていた。

「や、やめるんだ稲葉！　その肩書きはお前には重過ぎる！　それは藤島にしか名乗れないんだっ！」

「……お前やたらと藤島の肩持つな？」

じろり、と稲葉が睨《にら》んでくる
「いやっ、落ち込んでいる藤島の役割を奪《うば》ってしまうと可哀想《かわいそう》だと思って……」

くそう、なんだこの気持ちは。昔は藤島のキャラに否定的なつっこみをしていたのに、いざいなくなると喪失感《そうしつかん》が……。

変わることを求めていたはずなのに、いざそうなると元が恋しくなる。不思議だ。

「ちなみにだ紫乃ちゃん」

青木が口を開く。

「その理想のカップルにはオレと唯もなる予定だから、なんなら前もってオレを師匠《ししょう》と呼んでも……痛っ!?」

すぱーん、と桐山がノートで頭を叩いていた。

「あんた偽《にせ》の情報を植《う》え付《つ》けるのはやめなさいよねっ」

「……つーかこれなんの時間っすか？　帰っていいですか？」

千尋が呆《あき》れた様子で呟いた。

「本来の目的を忘れてるね。紫乃ちゃんがわたし達の部に入りたいという話だよね」

永瀬が言う。

「ま、まだ入るって決めた訳じゃない、です」

「ああ、そうか。……ん、じゃあまだ聞いてなかったんだけど、紫乃ちゃんってなんで今日見学に来ようと思ったの？」

「そっ、それは……」

ぎくっ、という感じで円城寺が身じろぐ。

石像《せきぞう》のように動かなくなって、目だけを慌ただしくきょろきょろさせる。

円城寺の様子に、当然皆の視線も集中する。

「今日見学に来た理由だよ？」

聞き間違いがあったと判断したのだろうか、桐山がもう一度尋ねた。

「……ひ、秘密《ひみつ》です」

「秘密？」

青木が聞き直す。

「……内緒《ないしょ》です」

言い方変えても一緒だろ、とつっこもうとして太一は躊躇《ちゅうちょ》する。

円城寺が俯いて小さく小さくなってしまっていたからだ。

「ま、まあ言いたくないならいっか。お、オッケーオッケー」

気まずく盛り下がってしまった空気を永瀬が取りなす。

「あ……わたしまた……ご、ごめんなさい……」

「いいっていいって気にしない！　さて、では気を取り直していつものように……」

そこで、今度は永瀬が彫刻《ちょうこく》になった。

なにか重大なことに気づいたかの如《ごと》き表情だ。

「いつものように、なにするんすか？　俺、この部のことイマイチわかってないんで」

千尋が言い、続けて円城寺も言う。

「わ、わたしも、ビラには、色々なことが載《の》ってる新聞を作ってて、その他にも色々やってますみたいなこと書いてたんですけど……色々ってなんですか？」

現二年生の文研部員五人全員が、固まった。

新入部員募集《ぼしゅう》の告知《こくち》をした。

入部希望者を待ち望んでいた。

が。

……文研部は新しくきた部員達となにをやるか考えていなかった！

「ま、まあ今日は顔合わせということで」などと永瀬を中心に誤魔化《ごまか》し、適当《てきとう》に談笑した後その日は解散となった。

部活申請締め切り日まで後、三日。

◆◇◆

翌日の昼休み、太一達文研部五人は中庭に集まっていた。

「ちっひーに紫乃ちゃん、締め切り間際に二人が来てくれたのは運命だね。二人共入れるっきゃない！　面白い子達だし！」

ぐっ、と拳《こぶし》を握《にぎ》った永瀬が言う。

「クセはあるな」と稲葉が一言。

他三人も同様に頷く。

「んー、でも『入れるっきゃない』って発想《はっそう》はいまいちじゃないかしら？　ちゃんと入りたいなら入って貰う、って形にしなきゃ」

永瀬と同じように主張するのかと思ったら、意外に桐山は冷静《れいせい》だった。

「あれ？　ちっひー連れてきたのも、紫乃ちゃんを気に入ってたのも唯じゃん？」

「だけどそれは……そう、やっぱ自主性に任せないと」

「うーん、……まあね」

　永瀬も呟く。

　それを聞いて青木が口を開く。

「唯も伊織ちゃんも、新部員あんまり欲しくないの？」

「『それは欲しい！』」

「の割《わり》に乗り気じゃなさそうな雰囲気なんで確認してみましたー」

　おどけた青木に対して、太一が言う。

「『奴』のこともあるから簡単にはいかないだろ」

「はいストップ！　その話は仮の結論が出てるからいいんだ！　今は今日の活動を考えるために集まってるんだから」

　永瀬が脇《わき》に逸れそうになった話を軌道修正《きどうしゅうせい》する。

　そうだった、と太一も本来の目的を思い出す。

「そうね。『文研部いいね』って思って貰わなきゃね。時間もないし」

　桐山の発言に青木が応じる。

「千尋の場合はそういう話じゃないかもだけどさー」

「キリねー！」

　永瀬が再び話を止め、続ける。

「ともかく基本活動が『各自自分の好きなこと』じゃ不味いから、なんかない、こう、凄く活動的で楽しいやつ！」

「地味《じみ》に大きな問題だよな、それ。アタシは去年と同じでいいと思っていたが……」

稲葉が口を開きかけた時、

「せ、先輩方、こんにちはっ」

横から大きな声が聞こえてきた。

「紫乃ちゃんじゃ～ん。なにしてんのー？」

永瀬が明るく言ったのに続いて他の皆も声をかけると、円城寺は「ほぅ」と溜息を吐いてから近づいてきた。

「わたし達は今日なにをしようかなの話し合いを……あ」

「教室に帰ろうとしたら先輩方が見えたので……。先輩方は？」

永瀬の言葉に円城寺が首を傾《かし》げる。

「今日なにをしようかな……？」

不味い、というわかりやすい顔を永瀬がした。

それがよくなかったのかもしれない。

「まさか……いややっぱり……実はなにをやるかも決まってないただリア充の男女が集まっちゃう場所が文化研究部で……！」

「違う違うっ、んなことない！　てゆーかリア充!?」

「わ、わたし場違いですよね……。やっぱり他の部に入ることに……」

「待ったあああ！　わ、わたし達って実は真面目《まじめ》に取材活動《しゅざいかつどう》やったりしてるんだよね、唯」

　急に話を振られた桐山があわあわ慌てる。

「え⁉　……そ、そうね！　今も、今日の取材場所の話し合いをしてるしねっ」

「本格的《ほんかくてき》な取材がわたしなんかにつとまるのか……」

「だ、大丈夫よ。まだ初めだから初心者向けのところを……ね、青木？」

　桐山が青木にキラーパス。

「初心者向け⁉　おおっと……ええ……そう！　だから学校内で済まそうって話になって。な、太一？」

　まさかと思っていたら太一にボールが回ってきた。

「そ、そう。学校内だから……」

　横目でちらりと太一は稲葉を見る。

　知らねえよ、という顔をしている。

　自分の彼女に丸投げなどできない。男として……ここは自分が決めるしかない！

「……そ、そう。だから今日は……他の部活動の取材をするんだ！」

という訳で文研部は部活動取材を行うことになった。

即興《そっきょう》で決めた割にはよい案ではないだろうか（多少自画自賛《じがじさん》）。

大勢《おおぜい》で行っても迷惑になるので、学年ごとにグーパーじゃんけんで二グループに分かれ、それぞれ取材を行う。それを三セット繰り返し、取材で真面目な姿を見せつつ更に親睦《しんぼく》を深めるという効果まで狙うのだ（これを考えたのは稲葉。やっぱり頼りになる）。

◆◇◆

放課後、太一達が部室で待っていると円城寺も、来なかったらどうしようと心配していた千尋も来てくれた。早速グループを分けて活動開始だ。

第一セット。太一、桐山、青木、千尋の四人班は書道部《しょどうぶ》が活動を行っている理科第二実験室を訪れていた。

「てかなんで書道部？」

青木の質問に太一が答える。

「クラスで今日の話をしたら、来ていいよって奴がいたから」

「ハーイ、いらっしゃーい！　八重樫君に唯ちゃん、それから同行者《どうこうしゃ》のメンズ達」

テンション高めで迎え入れてくれたのは、太一や桐山と同じクラス、今日もツインテールの中山真理子だ。

「中山ちゃん、いいの？」

桐山が少し申し訳なさそうに聞く。

「全然おっけーおっけー！　わたし達も日々新たな刺激《しげき》を求めているからねっ。みんなもそうだよねっ」

中山が部員に問いかけると、「あんただけじゃない？」と一人が返し笑いが起こった。

部屋にいたのは女子八人、男子二人。

上級生も下級生も一緒くたで和《なご》やかな雰囲気だ。

「前から思ってたけど中山が書道部って似合わないよな」

「なに!?　それはわたしをディスったのか書道部をディスったのかどちらなんだ八重樫君!?」

「い、いや、ただイメージが違うってだけだ」

「イメージかぁ、そこの一年君は書道ってどんなイメージ？　一年であってるよね？」

中山が千尋に絡む。

「地味、マイナー」

「おうっ!?　予想外に辛辣！」

「ちょっと、千尋君！　事実だとしても言い方があるでしょ！」

「唯さん、フォローに失敗してますよ」

桐山の忠告に、千尋が呆れた表情で返した。

「おいおいそこのお二人さん、書道を地味だなんてバカにしてるとわたしのツインテールが火を吹くよ！」

「お前のツインテールはなんなんだよ。ていうか『マイナー』の方はいいのかよ」

太一がつっこむ。

「なにを言うんだ君は。わたしの半径五キロ以内は常に書道が大流行してるんだよ」

「自己中な思い込みだけど格好いいな！」

中山は清々《すがすが》しくて気持ちのいい奴だった。

書道部では、綺麗に字を書くコツを簡単に教えて貰ってから、活動を体験させて貰うことになった。それを誌上《しじょう》レポートにしようという訳だ。

「よーし、これで授業は終了！　免許皆伝《めんきょかいでん》だ！　じゃあ道具は一式貸し出すから好きな字を書いてね！　書いたら添削してあげるよ！」

中山は楽しそうなのでいいにしても、他の部員に申し訳なく思い太一が謝ると「いつも同じ活動ばっかりだから、こういうのもアリだよ」と笑って言ってくれた。

そんな訳で太一は、おそらく小学生以来久々に筆《ふで》を握った。

太一と同じテーブルには千尋がいる。

隣のテーブルには青木と桐山だ。

「さーて、なんの字を書くかな～……そうだ、唯！　オレとお互いに名前を書き合ってプレゼントしあうという……」

「好きな言葉書いて家に飾《かざ》ろーっと」

「ちなみにオレの好きな言葉は……」

「あんたホントめげないわよね!?　いいから今は黙って書きなさいよ！」

「クラスが離ればなれになった今は……そんな罵声《ばせい》もまた嬉しい……」

「き、キモイ！　流石にキモイ！　誰か助けてよ～！　千尋君～！」

青木と桐山は相変わらずであった。

「呼ばれてるぞ」

太一は一応言ってみたが、千尋は「関係ないんで」とにべもなかった。

「バカに思われそうなんであの輪《わ》に入りたくないっすよ」

「……否定できないところがなんとも」

気を取り直して、太一はなんの字を書こうかと考える。

ここは標語《ひょうご》でいくべきか……、それともプロレス用語でいくべきか……、もしくは妹にプレゼントできるものにして……、流石に稲葉にあげるのは恥ずかしいし……。

「いつもならだいたい道場にいる時間なのに」

ぼそっと千尋が呟いたのが聞こえた。

下を向いている千尋に向かって、太一は話しかける。

「千尋って、結構空手頑張ってるみたいだよな」

「まあ、そこそこは」

「全国とか、狙ってないのか？　どれくらい大変なのかわかってないけど」

「バカじゃないんすから、夢みたいなこと言いませんよ」

「バカって」

「唯さんみたいなのを見ちゃうとね。ああいうのを『天才』って言うんですかね」

「桐山はな……、確かに」

なんとなく気まずくなって、太一は机の上に目を戻す。筆に墨《すみ》をつける。

しかしまだなにを書くかは決まっていない。墨のついた筆を持て余す。

「太一さん」

声に顔を上げると、千尋が幾分《いくぶん》真剣な表情でこちらを見ていた。いつもはもっと気怠げな顔をしているが今は違う。

「俺、なんでここでこんなことしてるんすかね？」

「今更《いまさら》聞く質問かよ」

真面目な話かと思ったらそういうボケか。

「いや、じゃなくて、もっと根本的《こんぽんてき》に」

「根本的に？」

「なんなんですかね、これ、って話」

言って、千尋はまだ墨のついていない筆をくるりと指で回す。

確かに、数時間前までは考えもしていなかったのに、今はなぜか書道部と共に半紙《はんし》に向かっている。

「こういうのが……文化研究部なんだよ」

と、言うしかない。

「目的見えねー」

「ないと、嫌か？」

千尋は窓の外に視線を向ける。

「……道場行ってるし部活なんてやりたくないんですけど、うちの学校って強制だから、仕方なしにって思ってたんですよ」

話が少し変わる。太一は黙って聞く。

「空手部に籍《せき》を置けそうになかったから、なんかめんどくせーって感じで。どこでもいいからって後回しにしてたら、唯さんに引っ張られてきて。そうしたらなにやってるかわからない面倒臭《めんどうくさ》いところで」

はぁ、と千尋が溜息を吐く。今度は視線を机の端にやる。

「でもなんか今日も『ここ』にいて」

今の『ここ』とは、文化研究部の中、ということでいいのだろう。

「その目的はあるっつうかないっつうか……。なんだろうって話で……いやとにかく」

独《ひと》り言《ごと》のような千尋の呟きは、上手く聞き取れなかった。

「『ここ』にいていいんすかね？」

千尋が、ずっと合わせていなかった視線を、太一と交わす。腹を探ってくるような、あまり長時間晒されたくない目だ。

どちらも声を発さず、幾許《いくばく》か時が流れる。

青木と桐山がやり合う声も、明るい中山の声も、他の喧噪《けんそう》もあるはずなのに、なぜか太一は静かだと感じた。

「……いて『いい』とか、『ダメ』とか、そういう問題じゃなくないか？　自分の意志でどうか、だろ」

千尋の目に、一瞬失望《しつぼう》の色が走った気がした。

自分が間違った発言をしたとは、思わないのだが。

「まあ、その通りですね」

千尋の肯定《こうてい》を受け、太一は小さく息を吐く。

同時に、どうして自分は後輩相手に緊張しているのだろうかと思う。

ただ、間違った訳ではない。その安心感と共に、軽い感じで言う。

「だろ？」

太一が気を抜いた、まさにその間隙《かんげき》を狙ったかの如く、千尋が言葉を放った。

「太一さん、俺達に、部に入って貰いたいって思ってます？」

もちろん――そう言おうとして、声が出なかった。

その事実に、太一自身が一番驚いた。

一度タイミングを逃し、またなぜ言葉が出ないのかに困惑《こんわく》している内に、更に言葉を発するタイミングを失った。

「はいはい八重樫君と……宇和君だっけ？　さっきから手が動いてないよー」

中山に割って入られ、太一と千尋の空間が壊れる。

千尋の質問に答えられずじまいになった。

「ま、うちの学校は入部届出せば入部が許可されるんで、無理矢理空手部入るとか、してもいいんですけどね」

そう言って千尋は会話を打ち切った。

たらたらやる気のなさそうに、筆に墨をつけていく。

新入部員は、欲しい。

是非とも千尋と円城寺を迎え入れたい。

けれど、なにか心に引っかかるものがある。太一はその存在に気づいていた。

その存在がなんであるかは摑めない。

やはり〈ふうせんかずら〉のことがわだかまっているのだろうか。

それとも、もっと他のなにかなのだろうか。

第一セットが終了して、一旦文研部＋二人全員で集合。吹奏楽部《すいそうがくぶ》に行った稲葉、永瀬、円城寺にも収穫《しゅうかく》はあったようだ。

◆◇◆

再びじゃんけんでチーム分けして、部活動巡り第二セットがスタート。

太一達の班は北校舎の二階を訪《おとず》れていた。

「さあどうぞ、ここが生徒会執行部《しっこうぶ》の部室よ」

そう案内してくれているのは元・一年三組学級委員長の藤島麻衣子だ。

太一、永瀬、円城寺組が取材するのは、藤島の所属する生徒会執行部だった。

「悪いな、藤島。色々忙しそうなのに」

「いいのよ八重樫君。……うふふ、みんなに必要とされてる私……ふふふ」

藤島がにまにま嬉しそうに笑っている。

「やっぱ頼りになるなー、藤島さんは」

「た、頼りになるなんて！　いえ……やっぱりそうよね！　しかも永瀬さんに言われたらパワー百倍よ！　ハッスル、ハッスル！」

うむ、とても元気だ。最近落ち込み気味の藤島が元気になってくれるなら嬉しい。

「わ、わたしからもその……あ、ありがとうございますっ」

自分も続かなくてはと思ったのか、円城寺がぺこりと頭を下げる。

「心配なんていらないわ円城寺さん！　というかあなた可愛いわね。思わず食べちゃいたくなるくらいにねっ」

「元気になり過ぎだぞ」

太一は少しだけ動いて円城寺を自分の陰《かげ》に入れる。

「む、ふざけただけなのに本気で警戒《けいかい》されるとは心外ね」

「いや、なんか思わず……」

ちらりと後ろを見ると、円城寺が体を小さくして太一の背中に隠れようとしている。

円城寺は妹のような可愛さがあって、保護欲をかき立てられるのだ。

まあもちろん……自分の妹の可愛さには及ばんがな！

……。

「太一、たぶん今気持ち悪いこと考えてたよね？　うん、一応つっこんでおくよ」

永瀬は勘のいい奴だった。

「じゃあいい加減入るわよ」

「お邪魔します」「お邪魔しまーす」「お、お邪魔っ、します」

生徒会執行部の部室は綺麗に整頓《せいとん》されていた。広さは文研部室の一・五倍くらいあるだろうか。真ん中にかなり大きなテーブルがあって、もう一つ中くらいのテーブルがあり、端にも一人用のデスクが二つ並べてある。部屋の両側には資料の入ったロッカーが設置されている。

部屋には部員が四名いた。

その内の女の子一人が席を勧《すす》めてくれて、お茶を用意してくれた。

「もっと部員がいるんだけど、今日は半分以上が外に出ちゃってるから」とのこと。

太一達三人が横に並んで座り、対面の藤島と向かい合う。

「さあ、始めましょうか。……ん？　なにを始めるんだったかしら？」

独断専行《どくだんせんこう》の藤島らしからぬボケだった。

永瀬が答える。

「えーと、文研新聞《ぶんけんしんぶん》の企画で部活動体験レポートってのをやろうかなー、ってことで部活動の取材をさせて貰いたいんだよ。ほら、うちって部活動多いから、みんなも知らない部活あるだろうし」

「あら、まともな記事ね。文研新聞っていつも趣味丸出しな適当な記事構成……」

「わーわーわー！　聞こえない聞こえない！」

藤島の言葉を慌てて永瀬がかき消す。

思わぬ見栄《みえ》を張ったおかげで、文化研究部が初めてまともな校内新聞を発行するという事実は、円城寺達には秘密なのだ。

「趣味丸出し……適当……？」

「紫乃ちゃん！　それは各自が持つ専門性を遺憾《いかん》なく発揮《はっき》した結果であり、常に我々は時代の先端《せんたん》をいくコンテンツを提供している故に、それが自然な帰結《きけつ》なのだよ」

「よくわからないけど……難しい言葉を遣う伊織先輩格好いいです！　憧れますっ」

「紫乃ちゃん、念のために言っておくけど、見知らぬ人が同じように難しめな言葉で言いくるめようとしてきたら、それ詐欺《さぎ》だからね。信じちゃダメだよ？」

円城寺紫乃、なかなか将来が心配な女の子である。

ともかく部活動紹介をすればいいのね、と藤島が話し始める。

「生徒会執行部はその名の通り、生徒会の活動を支援《しえん》する部活よ。ご存じの通り生徒会は選挙で決まるけど、うちは誰でも入れるし、あくまでも部活で生徒会とは別よ」

「うん、それくらいは知ってる」

永瀬が頷く。

「生徒会執行部、なーんて名前がついているから生徒会に興味ある人が入ってくることが多いんだけど」

「だけど？」

今度は太一が合いの手を入れる。

「その実態《じったい》は……生徒会の下請《したう》け、ただの雑用係《ざつようがかり》なのよ！」

藤島が言うと、隣のテーブルの部員達が、作業中の手を止めて凄い勢いで首を縦に振っていた。

「生徒会の人間が決めたことを実行するのが私達……、その構図《こうず》を利用して、奴らはなにからなにまで私達に押しつけてくるのよ！」

藤島の演説《えんぜつ》に熱がこもってくる。

「奴らは現場をなにもわかってない！　会議室ばかりに閉じこもっているのだから！」

現代社会の至《いた》るところで散見《さんけん》される問題がここにもあるらしい。

高校生の部活なのに、シビアな話だ。

「そうして生徒会執行部は無理な雑用をさせられ続けてきたのよ」

また隣のテーブルの部員を見るとしみじみと頷いている。

「あの、もしかして、続けて『きた』ってことは過去形なんですか？」

永瀬が藤島に尋ねる。

同級生なのに、なぜか知らず知らず敬語《けいご》を使ってしまう……それが藤島麻衣子だ！

「いい質問ね永瀬さん！　そう、私は途中でこのばかばかしさに気づいたの。それからは使われるんじゃなくて、逆に生徒会を上手く動かしてやっていたのよ！」

隣のテーブルの部員達が拍手《はくしゅ》していた。

流石だ藤島麻衣子！

クラス内だけでなく部活でもカリスマ性を発揮《はっき》していたのか！

「でもそれも……やって『いた』で過去形なのですか？」

円城寺が恐る恐る尋ねたその瞬間、絶好調だった藤島が急に項垂れた。

更に部員の人達もがっくりと肩を落とす。

一瞬で室内が暗くなる。

「え……？　あ、あの、わたしなにか失礼な真似を……！　ごめんなさっ痛っ!?」

円城寺が頭を下げ過ぎておでこを机にぶつけていた。

「……痛いです……」

「過去形……そうよ……今はもう昔のようになってしまった……。奴ら……私に『クラスの学級委員長の投票《とうひょう》にも負けるような奴に、学校全体のことを任せられる訳がない』なんて屈辱的《くつじょくてき》な言葉を……」

藤島がメガネをのけて目元を拭う。

「先輩方やみんなが必死に戦ってくれたけど……、新年度移行時の体制が不安定なところを、更に私が和を乱してしまったせいで混乱してしまって……」

なんという戦国模様《せんごくもよう》だろうか。どこの権力闘争《けんりょくとうそう》だ。

「本当に申し訳なく……」

「大丈夫よ藤島さん！　リベンジすればいいだけです！」

一人の部員が言って、そうだそうだと他も続く。

「藤島はゆっくり自分の力を取り戻してくれ。それまでは俺達だけで頑張るから」

「み、みんな……！」

感動的な光景が展開されていた。

「ええ話や……」

永瀬も感じ入っていた。

「そうよね……。躓《つまず》いたって立ち上がればいいだけよね！」

藤島の目に力が戻ってくる。

頑張れ藤島、とみんなが声を上げる。

「ありがとう……。私、頑張るわ！」

「その意気だよ！　あ、藤島さん、そろそろ時間じゃない？」

生徒会執行部員の女の子が言った。

「ああ、本当ね。じゃあいつもの日課《にっか》、行ってきます！」

「日課ってなに、藤島さん？　体験レポートにするからわたし達も付き合うよ！」

永瀬が言ったのに太一も続く。

「いいな。生徒会執行部がやる日課ってどんなものか気になるし」

「わかったわ、じゃあ一緒に更衣室《こういしつ》に行きましょう。体操服《たいそうふく》は持ってる？」

「「……なんで？」」

「なんでって……筋トレするからよ」

「「なんで!?」」

「ふおぉぉ〜う……うー」

円城寺がべちゃりと体を床につける。

「体力なさ過ぎよ円城寺さん！　腕立《うでた》て伏《ふ》せ十回もできないなんて！」

「ご、ごめんなさい～。でも……運動は苦手で……」

「そんなのじゃこの世知辛《せちがら》い世の中を生き残れないわよ！」

「ひ、ひぃ～」

運動場の片隅《かたすみ》で、体操服に着替えた藤島は鬼教官《おにきょうかん》と化していた。

「八重樫君もサボってないでやる！　男子のノルマは女子の二倍よ！」

「は、はいっ……十五、十六……ってなんだよこれ!?　部活関係ないだろ!?」

「なに言ってるのよ。生徒会執行部たるもの体力と筋力がないと」

「じゃあお前以外の生徒会執行部員はやってるのかよ!?」

「やってないわ」

「完全に藤島の個人的な日課じゃねえか！」

なにをさせるんだ。というかなにをしているんだ藤島麻衣子。

「はぁ……、文句ばかりで情けない男ね。永瀬さんを見習いなさいよ」

横を見ると永瀬が腕立て伏せから腹筋へ移行していた。

「やばっ！　筋トレ楽しっ！　この肉体が鍛《きた》えられてる感！」

「お前はなんでも楽しめて幸せそうだな！」

「……紫乃は……もうダメです……」

「円城寺は無理すんなよ!?」

「八重樫君もつっこんでないでさっさとなさい！」

◆◇◆

時間がきたということで藤島には解放して貰い、太一達文研部は再び全員集合した。

「腕とお腹のお肉が……」

円城寺が疲れた声で呟く。

「……悪い。勢いに流されてつっこみが遅れて……」

「い、い、いいですっ。き、き、気にしないで下さい太一先輩！」

だらんとさせていた体をしゃきっと起こして円城寺が言う。

どうも太一が話しかけると、円城寺は必要以上に慌てている気がする。

第三セットに向けてもう一度じゃんけんでグループを組み直す。

今回は太一・稲葉・桐山・円城寺組と永瀬・青木・千尋組に分かれた。

「オレ三回とも千尋と一緒かぁ。一回は紫乃ちゃんとがよかったなぁ」

青木が言うので太一が訊く。

「変わろうか？」

「あー、いいよ。ルールには公平に従《したが》う……それが男だからな！」

「俺は毎回青木さんがいて暑苦しいけどなー」

「おいいい!?　千尋までそのスキル身につけちゃうんだ!?」

「ま、永瀬さんいるし清涼感的《せいりょうかんてき》にはちょうどいいか」

「なにその尺度《しゃくど》!?」

「おいおい、ちっひー、随分わたしのことを高く買ってくれるじゃないか。呼びたいなら伊織さんって呼んでもいいんだぜ?」

「いや、いいです」

「ツンデレだなぁ、こいつぅ!」

「仲いいよな」

太一が呟くと、稲葉が応じる。

「表面上はそう見えるよな」

「表面上は?」

「……ん?　ああ、なんとなく言っただけだ。深い考えはない」

そう言って稲葉は「表面上……?」と一人で首を傾《かし》げる。自分で口にした言葉を図《はか》りかねているようだ。

「太一、ちょっと」

永瀬が小声で呼びかけ、服を引っ張る。

「もう決まっちゃって今更変えにくいから……。薫ちゃんと稲葉んのこと、お願いね」

「薫……、ああ瀬戸内か」

太一組が次に訪問予定なのは、ボランティア部。一年生の時部活動発表会に絡んで一騒動あった、二年二組学級委員長、瀬戸内薫の所属する部活動であった。

「――という訳で、外の団体と協力してボランティアを行っているのが、ボランティア部です。……一年の時はあんまり参加してないあたしが偉《えら》そうに言うのもなんだけど」

瀬戸内薫が、ボランティア部の概要《がいよう》を太一、稲葉、桐山、円城寺に説明してくれた。

「参考になったよ、ありがとう。ていうか瀬戸内は一年の時からボランティア部だったんだな。意外だった」

今は黒髪ショートカットとはいえ、一年の時は髪も染めて不良っぽく振る舞っていたというのに。

「……うん、まあ、それは、一応」

瀬戸内が顔を赤くしてあらぬ方向を向いている。

自分のいいところを知られるのが恥ずかしいタイプのようだ。その意味では、稲葉と共通項《きょうつうこう》があるかもしれない。

「とはいえ、お前が過去、人に対してやった悪行が償《つぐな》われる訳ではないからな。どれだけ善行《ぜんこう》をしようがそれは変わらんぞ」

稲葉が手厳しい発言をする。

「……はい」

項垂れながらも、瀬戸内が真剣な面持ちで返事をする。

「後、いい気になるなよ。元不良の奴が更生すると妙に褒《ほ》めそやされる傾向《けいこう》があるけど、んなもん、今までずっと普通にやってきた奴の方が偉いに決まってる」

「……おっしゃる通りです」

「や、やめなさいよ稲葉。今は楽しくやりましょうよ、ね？」

桐山が間に入る。

「相変わらずお前らは甘過ぎるな。だがわかってる、言っておきたかっただけだ」

ごめんなさい、と瀬戸内が頭を下げた。

「あのぅ……、なにかあったんで……や、やっぱいいですっ。やめときます」

円城寺が聞きかけて、その問いを取り消した。

気まずい沈黙が降りた。

「誤解《ごかい》するなよ」

再び稲葉が口を開く。

「お前が昔やったことは嫌いだ。それに更生したお前が妙に持ち上げられる感じも嫌いだ。だがお前という人間は、……そんなに嫌いじゃない」

その声色は、とても優しかった。

戸惑った表情を見せてから、瀬戸内も優しい声色でゆっくり返す。

「……あり、がとう」

「唯先輩、唯先輩。わたし疎いんではっきりわかんないんですけど、これはもしや、ツンデレというやつでしょうか？」

「その通りよ紫乃ちゃん、典型的《てんけいてき》なツンデレよ。伊織がここにいたら『ツンデレばん』とでも名付けてるでしょうね」

「うっせえんだよ！　ツンデレったらどう考えてもお前だろ唯！」

「違うもーん。ねー、紫乃ちゃん」

「え、えええと？　じゃ、じゃあどっちもツンデレということで……」

「「違うっ！」」


「次の土曜にさ、外部のイベントで『目の不自由な人の模擬体験《もぎたいけん》』ってのがあって、その運営《うんえい》をあたし達でするんだ。今日はその運営準備ってワケ」

「あ、それ中学でやったことある。アイマスクつけて、目の不自由な人が普段どんな生活をしてるか体感するってやつでしょ？」

　桐山が尋ねると、瀬戸内が頷いた。

「で、あたしがやらなきゃいけないのは、運営の予行演習なんだ。だから、みんなにその模擬体験をやって貰おうと思うんだ。どう？」

「もちろんよ！　こっちはお願いして取材させて頂いてるんだし」

「わ、わたしやったことないので……やってみたいです」

「お願いするよ」

「太一が目隠《めかく》しをして、アタシがその手助けをする……。視界を失った太一が頼れるのはアタシだけ……か。フフフ……いいプレイだな、やろう」

「稲葉、お前なに言ってるんだよ」

一人だけ大きな間違いをしている人間がいた。プレイってなんだ、プレイって。

「じゃあ稲葉さんと八重樫君、唯ちゃんと……円城寺ちゃんのコンビで」

瀬戸内がアイマスクと『ただいま目の不自由な人の模擬体験～』云々と書かれたゼッケンをくれた。

「なにこのゼッケン……。全然可愛くな～い」

桐山は不満なご様子だ。

「外でやる時は他の人の迷惑になっちゃうんだから、これつけないと」

瀬戸内にたしなめられ、桐山は「はーい」としぶしぶゼッケンを身につけていた。

「さっき説明した点に注意しながら、向こうの花壇《かだん》まで歩いてみようか。人はあんまりいないけど段差だけは気をつけて。杖《つえ》を使ったプレイは後で……あ、言い間違えた」

「瀬戸内まで言い間違えるなよ」

太一がぼそっと呟く。瀬戸内にまで妙なキャラになられたら堪《たま》ったもんじゃない。

太一・稲葉組は、先に太一が体験し、稲葉が先導役《せんどうやく》となることにした。

「さあ、視界を奪われろ」

「……普通にアイマスクしろって言えよ」

太一はアイマスクを装着《そうちゃく》。

「うお、真っ暗だ」

視覚を失う、というのは、他のどの五感を失うよりも太一には恐ろしく思えた。

不安だ。

周りでなにがどうなっているのか、把握《はあく》できなくなる。

聴覚《ちょうかく》や嗅覚《きゅうかく》や触覚《しょっかく》が研《と》ぎ澄《す》まされるのか、いつもと違う妙な感覚に陥《おちい》る。

「太一」

稲葉の声が聞こえた。

縋《すが》るように、声の聞こえた方に手を伸ばす。

手を握ると、稲葉の温もりが伝わってきた。

なんの躊躇《ためら》いもなくそうできたのは、自分が稲葉を信頼しているからで、同時に稲葉が自分に手を伸ばしてくれたのも、信頼して貰えると稲葉が思ったからではないか、太一はそう感じた。

ほんの些細《ささい》なことなのに、そこに大きな絆が見える。

信頼している、だから信頼される。

信頼される、だから信頼できる。

双方向《そうほうこう》に繋《つな》がった、二人の強い絆だ。

たぶん文研部のみんなの中にもあるだろう。

「じゃあ行くぞ」

稲葉が前進する。それに引かれて太一も一歩前へ。

一歩、また一歩。

頼れるものがそれだけだから、全神経が左手へと集中する。稲葉の皮膚《ひふ》の呼吸さえも感じられるような錯覚に陥る。

「……あえて、手、以外のところを摑んでみないか？」

稲葉が突然そんなことを言った。

今稲葉がどんな表情であるか、当然太一は窺えない。

「ほらっ」

「おい、ちょっと、待て。手、放すなよ」

太一は慌てる。焦って手を伸ばす。

「ひゃうん!?」

稲葉が可愛らしい悲鳴を上げた。

「どこ触ってるんだよ……バカ」

「なっ、俺はいったいどこを触ったんだ!?　感覚的に腹か腰辺りかと思ったんだが、まさかあの凹凸《おうとつ》も少なくてすぐ堅い骨がある部分が稲葉の胸……ふべっ!?」

頭を叩かれた。

「な訳あるかっ。今のは腰だよ！　せっかく『どこ触ってるんだよ……バカ』から『なーんて普通に腰触られただけでしたー』の流れにもっていこうとしたのに」

「なんだよ。てゆーかなんかそれ……可愛いな」

「か、可愛いって……バカ」

「………イチャつかないでくれるかな、そこ」

瀬戸内の冷たい声が聞こえた。

「「……すいません」」素直に二人で謝った。


少し状況が確認したくなって、太一はアイマスクを取った。

と、ちょうど桐山と円城寺組が今からスタートするところだった。

「じゃ、じゃあ行きましょう、唯先輩っ。わたしが全力でサポートするので安心して下さいっ」

先導役の円城寺は緊張した面持《おもも》ちで手を伸ばした。

「うん。じゃあ危なくなったら言ってね」

しかしアイマスクをした桐山はそのままスタスタと歩き出す。手の存在に気づいていないのだろうか。

「あれ？　あれ？　ゆ、唯先輩っ、手を……というか普通に歩けてませんか⁉」

「え？　本気出せば視界がなくても『気』でなんとなくわかるでしょ？」

「気ってなんだよ!?　本当にお前何者だよ!?」

太一はつっこむ。

凄過ぎて常人《じょうじん》の域《いき》を超えているだろ天才空手少女。

「す、凄いです唯先輩……。あ、待ってくだ……ひゃん!?」

目隠しもなにもしていないはずの円城寺が転んだ。

「大丈夫、紫乃ちゃん？　ほら、手を摑んで」

「いたたっ……足、くじいちゃったかも……」

「えっ!?　本当に大丈夫？」

「あ、はいっ」

「……桐山ってアイマスクしてるよな、俺の目の錯覚《さっかく》じゃないよな？」

信じられなくて太一は尋ねる。

「心配するな、アタシにも見えている。……後で唯の戦闘値《せんとうち》を更新《こうしん》しないと」

なにをデータ化しているんだ稲葉は。それとも流石情報収集・分析《ぶんせき》が趣味と言うべきなのか。

「あんまり予行演習になってない気がする……」

瀬戸内が溜息を吐いていた。

最後に瀬戸内から言われた「今日の体験がただ『恐かった』とか『大変だった』だけの感想で終わらないように。こういうところに困った、といった経験を生かして、これから自分達が目の不自由な人達と共に社会を生きる上で、どうすべきか考えるように」

という言葉を胸に、太一達は取材活動を終了した。

◆◇◆

全て終わる頃には随分と遅くなってしまった。

夕暮れの中、他の部活動終わりの下校者と共に、文研部と文研部新入部員候補生も校《こう》門《もん》に向かって運《うん》動《どう》場《じょう》を歩く。

「ってな訳で今日の部活どうだった、みんな？　手応えあった？」

永瀬が、他の文研部の二年生四人に向かって尋ねた。

一年生の二人は少し前方を歩いている。

「楽しくはあったし、二人とも楽しんでくれていそうだった、けど」

桐山が言い、青木も続く。

「オレと千尋の仲も深まったぜ……先輩なのにぞんざいに扱われるくらいになっ」

「だが、それとアタシ達の部活に入ってくれるかどうかは別だな」

と稲葉。

「文研部のことをいいなって思ってくれたかどうかは……」

太一も自信なさげに言うしかない。

「ちょっとちょっと、なぜネガティブ？　前向きにいこうよ」

ぱんぱんと永瀬が手を叩くと、それに対して稲葉が言う。

「つーかあの二人に直接聞きゃいいだろ」

「それはなんとなく……押しつけがましいかと躊躇っちゃって」

永瀬が躊躇う、とは珍しい。

「ネガティブになるなって言うのに、なに気にしてんだよ、今更」

稲葉が前方の千尋、円城寺に近づく。

「千尋、紫乃、今日はどうだった？　後は記事にまとめて『文研新聞』にするってのがアタシ達の主たる活動だ……って言って間違いないと思う。ただ流動的《りゅうどうてき》ではあるから、やりたいことがあったら言ってくれ。とまあそんな訳で……ええと……」

威勢《いせい》のよかったはずの稲葉が、なぜか最後になって勢いをなくす。

気を取り直すように「ごほん」と咳払いしてから尋ねた。

「どうだ？　うちに入る決心はついたか？」

千尋と円城寺が足を止めた。

それを見て太一達も、二人と稲葉から少し離れた位置で立ち止まる。その行く末を見守る。

「まあ……そうっすね」「ええと……ええと」

千尋と円城寺が逡巡《しゅんじゅん》する。

その時二人が太一達四人の方を見た。

見られた、けれども太一達は動かない。

「……未定っすね」「……わかりません」


部活申請締め切り日まで後、二日。

◆◇◆

「本当に今日しかないっっ！　もう部活動申し込み期限だもんっっ！」

翌朝《よくあさ》の二年二組の教室で永瀬が叫んだ。

「そうだな。でも、なにをやればいいのか……」

太一が応じる。

昨日は楽しく交流できたと思っている。あれ以上、こちらから提供《ていきょう》できるものはさしてない。

桐山が呟く。

「紫乃ちゃんは自分で興味を持って来てくれたんだから言わずもがな、千尋君も道場で色々聞いてくるし、かなり関心《かんしん》ありそうなんだけどなぁ」

「そうなのか？」

「うん、あんな千尋君初めて。……でも入りたいとかは一言も口にしないけど」

今日も部活に来る、と昨日二人は言ってくれたので、入部希望の気持ちがあることに間違いはない。そのつもりがなければそもそも何日も付き合わないだろう。

しかし、決定打が不足しているのか、なにか懸念《けねん》があるのか、入部の決断《けつだん》には至っていない。

「昨日のように充実した活動を見せつけてっ、志望度《しぼうど》を高めて貰うしかないよ！」

永瀬が言う。

今日も昨日と同じく、文研部は部活動取材をしよう、という話になっていた。

でも、と桐山が声を上げる。

「それだけじゃ難しい気がするのよね」

「……うん、わたしも、そう思うんだよ」

永瀬が沈《しず》んだ顔になる。

「朝から暗い顔してるな文研部の三人衆《さんにんしゅう》。今日陸上部を見学したいんだっけ？」

三人が囲む机に、背の高い女子が割り込んできた。

ウェーブのついた明るく染めた髪とカラッとした雰囲気が特徴的《とくちょうてき》な、桐山の親友栗原雪菜だ。

「おはよう雪菜。そうなんだけど、ちょっと問題が……」

桐山から話を聞いた栗原は、ふむと頷いた。

「なーる、新入部員が入ってくれるか微妙なところで、どうしていいかも悩んでいる」

「うん」

桐山が頷く。

「あたしらの学校、部活をほいほい辞めたり変わったりしにくいもんねー、そりゃ慎《しん》重《ちょう》になるさ」

「……うん」

「………………………………ううむ」

栗原が妙な声を出した。

「どうしたの、雪菜？」

桐山に尋ねられると、栗原は「はぁ」と溜息を吐く。

「あたし……あんたのその『しょぼん顔』に弱いわ。なんかしてあげたくなっちゃう」

「雪菜ちゃんいいお母さんになりそー。もしくはダメ男に入れ込んじゃいそう」

さらっと言う永瀬に栗原がつっこむ。

「後半は余計《よけい》だ後半は」

じゃあ参考にしてくれたら、と前置きしてから栗原が話し始める。

「どの部だって、入ってくれそうな子をどう確実に掴むか、ってのは問題な訳。だから陸上部は部活申請締め切りの直前に、つまり今日だけど、マラソン大会開くんだよね」

「なんで？」

永瀬が尋ねる。

「現役部員、入部希望者全員で一つのイベントをやりきることで、連帯感《れんたいかん》を強めるのさ。一年生が辛《つら》い思いをしてゴールに辿《たど》り着《つ》いたら……、先輩達が笑顔で迎えてくれる……。そして頑張ったなと声をかけて貰えて……、その後BBQ《バーベキュー》親睦大会に突入……って流れ、いいと思わない？」

「すごっ！　知的な戦略《せんりゃく》だ！」

桐山がぱちぱちと手を叩く。

ふふん、と栗原は得意げだ。

「まあ栗原が考えた訳じゃないんだけどな」

「体育会系のバカイベントと思わせておいてのその戦略性はやるな！」

「八重樫っ、伊織っ、お前らも素直に褒めろ！」

「ジョークじゃないか雪菜ちゃん。てかさ、戦略的に考えてみるのよさそうだよね」

永瀬が提案する。

「例えば？」と桐山。

「ん～、二人が文研部のどこに魅力《みりょく》を感じたか考えて、そこをアピールするとか」

なるほど、と太一も頷く。

文研部三人で「う～ん」と頭を捻《ひね》る。

「……思うんだけどさ」

口を挟んだ栗原に、桐山が問う。

「なに、雪菜？」

「ふっつーに考えて、その、新入生達がさ、なにやってるのかわからない部活に惹《ひ》かれる訳がないいんだよね。だってなにやってるかわからないんだから」

「「……あ」」

言われてみれば当たり前のことだった。楽そう、などの条件面に惹かれた可能性もあるが、それならもっと他によい部があると思う。

栗原が続ける。

「だから、あんたらっていう人間に惹かれたんじゃないの？」

自分達という、人間に。

それは、誰か一人になのか。それとも、みんなになのか。

「ということはっ」

座っていた永瀬が立ち上がった。

「わたし達の凄さを見せつければいい訳かっ！」

それでいいのか？　と太一は思ったが、他に意見もなかったので反論《はんろん》できない。

「いいわねっ！　あたしのかっこ可愛いを見せつけてやるわ！」

桐山もその方向でいく気らしい。顔を明るく輝かせている。

「よーし、だったらイベントかなにか……閃《ひらめ》いた！　雪菜ちゃん！」

永瀬が、文研部部長が乗っている。乗った永瀬を止めるのはなかなか難しい。

「へ？」

「部活体験レポートってことでわたし達もそのマラソン大会に参加させてよっ！　コースを使わせて貰うだけでいいからさっ。そこで運動神経いい組のわたしや唯が活躍して……、ちっひーと紫乃ちゃんはその取材をさせて……ばっちりじゃん！」

「は？　いやいや……あんたら陸上関係ないじゃん」

「いいんだって、ね、唯？」

「そうよっ、文化研究部はオールラウンダーなんだから！」

「初耳だぞ」と太一は呟いておく。

「でも参加するって言われてもさ」

「雪菜……、なんとか、できない？」

桐山に下から見上げられ、栗原は苦渋《くじゅう》に満ちた顔をした。

「……え〜い、なんとかしちゃるわいっ！」

栗原は、とことん桐山に弱かった。

◆◇◆

栗原が三年の先輩に言ってみたところ「なに!?　あの可愛い子揃いで有名な文化研究

部が参加したいだと⁉　いいに決まってるだろ！　その後のＢＢＱにも参加して貰え！女子はタダで男子は五百円だ！」ということであっさり許可が下りたらしい。

「うーん、うちって男子の数が多くて飢《う》えてる奴多くてさー。だからモテないってことに気づいて欲しいんだけどねー。無理だろうねー」とは栗原の弁《べん》（何気に酷い）。

そんな訳で、文研部の内体力に自信のある永瀬と桐山、それから無謀《むぼう》にも志願《しがん》した青木がマラソン大会に参加し、後のメンバーでその内容を取材しようと文研部で決めた。

ところが、である。

「わっ……、わたしも参加していいですか⁉」

放課後、部室でその話を聞いた円城寺が言った。

「いやっ、紫乃ちゃんには走って貰わなくていいんだよ。わたし達を見ててくれれば」

などと永瀬は言ったが円城寺は譲《ゆず》らなかった。

「や、やらせて下さい……。皆さんが普段やっていることをきちんと体験して、それについて行けてこそ……、本当の部活見学ってもんです」

その日の円城寺は、小さな体を緊張させ、決意に満ちた表情をしていた。

「皆さんの後ろにちゃんとついて行けたその時は……その時は……」

言いかけて円城寺は太一達の顔を順番に見、……なぜか気弱《きよわ》になった。

「……あ、もちろん……迷惑になるならやめます……。というか体力のないわたしはやめた方がいいですよね……はは」

「紫乃ちゃん……！　わたしはその心意気《こころいき》に感動したよ！　自分がやりたいのなら是非一緒に参加しよう！」

永瀬が言うと円城寺は「はいっ！」と返事をした。

するとその円城寺の想いは、更なる連鎖《れんさ》を生み出した。

「それなら、俺も走りますよ」

千尋が、そう言ったのだ。

「ち、千尋君も!?」桐山が驚きの声を上げる。

「あー、別に円城寺みたいな話じゃないっすよ。でも、取材するなら体動かした方がトレーニングにもなるし、って」

それを聞いた永瀬は「うお〜っ」と喜びに体を打ち震わせていた。

「なんだいみんなノリノリじゃん！　こうなったら……全員で走るしかないじゃん！」

文研部の五人と、千尋、円城寺の七人も、陸上部のマラソン大会に参加するため、体操服姿で、会場となる自然公園《しぜんこうえん》に集合していた。

「……で、お前のその自転車《じてんしゃ》はなんなんだ、稲葉？」

文研部の中で、一人稲葉だけは、なぜか自転車に跨《また》がっている。

「ふんっ、アタシはみんなの安全を守る誘導係《ゆうどうがかり》に献身的《けんしんてき》理由から立候補したのさ」

「……本当は？」

「意味もなく走るとかやってられるかクソ野郎」

正直な奴だった。

「けど稲葉って自転車通学じゃないよな？　どこから調達《ちょうたつ》したんだ？」

「藤島に借りた。今のあいつは、人に自分の価値を認めて貰えると思ったらどんな頼みでも聞くぞ」

「ど、どんな頼みでも……」

ゴクリ。

「………お前、変なこと考えてないよな？」

「そ、そんな訳ないじゃないですか稲葉さん、はは」

稲葉が鋭い眼光になったので太一は慌てて否定した。

「じゃあ先行ってくるわー」

そう言い残して稲葉は自転車を漕《こ》いで――行こうとしたところで止まる。

「おっと、忘れもんだ」

稲葉が自転車をバックさせて、太一の側まで戻ってくる。そして顔を近づけ――。

「ちゅっ♡」

「おおおお、おい、おい、……おいっ！」

太一の頬にくっついてきたやわらかな、唇《くちびる》。

「ふふっ、頑張ってゴールまでいけるおまじないだ♡」

もうどうにかなりそうだった。

「そのっ、なんだっ、あのっ、嬉しい、何気に稲葉からのほっぺちゅーは初めてだから嬉しい……が、なにもみんなの前じゃなくてっ、よかったんじゃないか⁉」

周囲の注目をかなり集めてしまっていた。

「きゃー」とか「うわ～」とか「羨《うらや》ましい……」とか言われていた。

稲葉も「はっ」とした表情で辺りを見渡す。どうも周りは目に入っていなかったらしい。なんという恋は盲目《もうもく》。

「え？　……え？　……ええと。あの……はっずーーーーーーー！」

叫びながら稲葉は自転車を爆走《ばくそう》させて去っていった。

取り残された太一は、もう走り終わった後くらいに心臓がバクバクだった。汗も出てきた。とりあえず深呼吸《しんこきゅう》をして落ち着こう。

あくまで陸上部のイベントにおまけ参加させて貰う立場なので、太一達はスタート位置の後ろの方に控えていた。

陸上部側の人数は三十人ほどだ。

その集団から一人の女子が出てきた。

長身に、ショートカットで、目鼻立ちのはっきりとした顔。

格好いい、という形容詞《けいようし》がぴったりと似合う女子、大沢美咲《おおさわみさき》だ。

一年の時には、大沢が桐山に対して『好きだ』と告白し、二人がデートをしてそれを文研部が尾行《びこう》するなど一悶着《ひともんちゃく》あった、そんな人物だ。

「唯ちゃん！」「美咲ちゃん！」

「「いぇい！」」

パン、と桐山と大沢の二人がハイタッチを交わす。

「唯ちゃん達が参加するってびっくりだよー。てか自由過ぎて笑っちゃった」「ごめんねー」などと、二人は話し始める。

とても仲のよい、親友同士に見えた。

青木も二人に気づいたようだ。二人のことをガン見している。

「じゃあまた後で……って、唯ちゃんならわたし達の速さにもついてくるか」

「流石に現役の陸上部には負けるよー。またねー」

二人が別れたところで、太一が話しかける。

「なあ……、桐山」

「なによっ!?」

ただ話しかけただけなのに、噛みつかんばかりに桐山が吠える。

……以前二人のデートを尾行した前科《ぜんか》もあるので、桐山が神経質になるのもわかるが。

青木は訊きにくいだろうから自分が訊こうと思ったのは、おせっかいだったろうか。

しかしその後桐山は、頬を赤くして、こちらが聞いていないのに話し出す。

「あんたらがなにを心配してるのかはわからないけど……」

桐山が青木の方を一瞬見る。すぐそっぽを向く。

「……美咲ちゃんとは、ただの友達だから、もうそういう風になってるから」

「え？」青木が間抜けな声を漏らした。

「あ、あたしだって……なにもせずぼーっとしてるだけじゃ、ないんだから」

桐山はますます顔を赤くした。

「つまりそれは……今の人からのアプローチには断りを入れたってことで、つまりそれは……唯がオレを選んだってこと⁉」

「いつ誰がどこであんたを選んだなんて言ったのよ！　言ってないわよ！」

ひとしきりつっこんだ後、「あっちで柔軟《じゅうなん》してくる！」と桐山は走っていった。

「……太一。今日オレは……かってないタイムを叩き出せそうだよ」

「そ、それはよかったな」

余韻《よいん》に浸《ひた》りたそうだったので、太一は青木から離れた。

ちょうど永瀬、千尋、円城寺が三人で集まっていたのでそこに加わる。

「紫乃ちゃん、一緒にゴール目指そうね」

永瀬が円城寺に声をかけている。

「いえっ……、ご自分のペースで行って下さい。皆さんの全力について行けてこそ……わたしも自信を持てるというもの……」

「うーん、紫乃ちゃんが言うならそうするけど、大丈夫？」

「は、はいっ」

「ちっひーは……心配しなくても勝手に走るか」

「ですね。勝手に走ります」

「千尋まで走るって言い出すのは予想外だったよ」

太一が話しかけると、千尋は相変わらずの冷めた目を向けてくる。

「おかげで太一さんまで走るはめになって、迷惑でしたかね？」

「いや、本当に嫌だったら断ってるよ。意外だっただけで」

意外ねぇ、と千尋は呟き、太一から目を逸らした。

「と、いうかさ」

永瀬が明るい声を出す。

「はっきり言って……もう二人共文研部へ入る気満々でしょ？」

永瀬の問いに、二人はなにも言わない。

ここまで来て自らマラソンにまで志願したのに、言わない。

永瀬の表情がだんだん気まずげになっていく。

「じゃ、じゃあ質問を変えて、文研部のどこに魅力を感じているかを――」

「皆さんスタート位置についてくださーい！」

会話の途中で開始時間となり、四月末日陸上部新入生歓迎マラソン大会（文化研究部飛び入り参加）の幕が切って落とされた。

◆◇◆

吸う、吐く、吸う、吐く。

リズミカルに息を吐き出す。

体内に酸素《さんそ》を回す。

足の回転数を一定に保つ。

無理せず、楽せず、こんなもんだろ、というペースで宇和千尋は走る。

女子は九キロ、男子は途中で大回りするところがあって十二キロのコースだ。

多少キツイが、今の感じなら、ゴールに辿り着いて無様《ぶざま》にへばることもないだろう。

ほとんどが陸上部の奴らなので、タイムは気にしない。

勝負する場でも、ないし。

というか、なんで今こんな風に走ってるかの方が重大な問題だ。

文化研究部。

なんちゃらかんちゃら説明はあったが、要するに適当やってたまに『文研新聞』を発行する部活らしい。唯に連れて行かれなければ、見向きもしなかった部活だろう。

なんの目的も意味も意義も見出せない。

こういう奴らの思考は本当に理解不能だ。

同様に、ここにいる自分自身も理解不能なのだが。

いや、知りたいこと、という目的はあった。

だがいつまでやっているんだって話だ。

そんな理由で、誰にも求められていない部活に入ってどうする。さぶいって。

本当に、空気を読めないで勘違《かんちが》いしてしまうのが一番さぶくて痛い。

円城寺も痛い奴かと思っていたが、そこのところはよくわかっている奴だった。

バカではなく、間が抜けているだけらしい。

今更他の部活にいくのも面倒は面倒だ。でも、バカになるよりはマシか。

つーか、なんで面倒になるまで放っておいた。昨日、一昨日の内に動いておけばまだ楽だったのに。

……しかし、円城寺の奴は最終的にどうするつもりなのだろうか。

他の部活の見学もしていたと思うのだが。まさか、バカみたいな真似をしでかすのか。

と、目の前にふわふわの茶色い髪と小さな体が見える。

まさしく、体操服姿の円城寺紫乃だった。

三キロの大回りがあったのにもう追いついたのか。

とろくて、体力もないだろうに、無謀なことをしたものだ。

あんな変な走り方じゃ、いつまで経《た》ってもゴールできないんじゃ……うん？

あの走り方……左足を庇《かば》っているのか。

痛めたかなんなのか知らないが、面倒なことになっているようだ。

まあ、自分にはどうすることもできないので、関係はないが。

円城寺に追いつく。

最低限、声はかけようか。

「大丈夫か。てか無理だったら走るのやめろよ」

言い残して、円城寺を追い抜く。

「はぁ……ぁ……はぁ……はいっ……」

少し遅れて、荒い息の後、返事が聞こえた。

というか、同級生に『はい』って。

千尋は走る。

背後に円城寺の気配を感じる。顔を確認しなかったが、情けない顔をしていそうだ。

千尋は走る。

だんだんと円城寺の呼吸音が聞こえなくなる。

しかしなぜ円城寺は自ら走るなどと志願したのだろう。しかも、このマラソンに妙に賭《か》けているようだった。

もしちゃんとゴールができたら、みたいな。

『ちゃんと』の範囲《はんい》がどんなものかは知らないが。順位やタイムに縛《しば》りを設《もう》けているなら確実にアウトだろう。ゴールだけでいいのなら……それも可能性は薄いか。

つーか、なに勝手に妄想《もうそう》している。アホらしい。どうでもいい。

千尋は走る。

しかしどっちにしろもう終わる訳だ。

その時、誰がバカになる。誰がバカを見る。

千尋は走る。

どんな結末が待っているのか。

どんな結末を見たいか……見たいか？

見てみたい。知りたい……そう、知りたい。

知りたいだけだ。あいつがどうして、それで奴らがどう反応するか。それを、見たいだけ。

だから――。

「ちっ……、じゃあしゃーねえよなっ！」

◆◇◆

ゴールは自然公園の中にある小さな山の上だった。標高《ひょうこう》はさほどないが、緩い坂が長く続いていて平べったく広がっている山だ。

一時間も大きく過ぎる頃には文研部も含めてほとんどがゴールに辿り着いていた。早い者は自然公園内の別の場所に移動し、バーベキューの準備も始めているようだ。

随分早くにゴールした桐山は涼《すず》しげな表情、同じくそこそこのタイムでゴールした永瀬も汗は引いているし、二人より後にゴールした太一と青木も息は落ち着いており、当然の如く自転車で流していただけの稲葉は余裕の表情だ（それでも「最後の坂はきつかったんだからな」などと戯言《ざれごと》を口にしていたが）。

しかし、そこに千尋と円城寺の姿はない。

稲葉だけが自転車に跨がり、他の四人は地べたに座っている。

「来ないねー……。やめてくれって言われても、紫乃ちゃんにはついててあげた方がよかったかなぁ……。でも本人のやる気を削《そ》ぐのもよくないと思ったし」

永瀬が呟く。

「でも千尋君がついてるのよね？　じゃないと千尋君がこんなに遅いっておかしいし」

桐山の言葉に、稲葉が応じる。

「アタシが聞いた限りでは、そうらしいが」

「なら、待つしかないよな」

太一は言う。

「まさか途中で嫌になって帰ったなんてことはないだろうし……」

「太一！　不吉なこと言わない！」

永瀬に注意された。

「二人とも自分から走るって言ってくれたのよ。だから……大丈夫」

桐山は自分に言い聞かせるように呟いた。

その不安気な桐山を元気づけるためか、青木が明るく言う。

「そうさ、ちゃんとゴールまで来て二人は文研部にも入ってくれるさ！」

永瀬が原っぱの上でごろっと寝転がった。

「あ〜、これでよかったのかな〜。部活動取材で楽しく活動して、今日はマラソン大会で格好いいとこ見せよう……と思ったらみんなでやろうって流れになって。それで魅力あるって思って貰えたのかなぁ」

「やれるだけのことはやっただろ。だから、後は結果を待つだけ……」

太一は自分で話していて、首を傾げた。

その時、ふと気づいたように稲葉が呟いた。

「なんかアタシ達、待ってばっかだな」

そう初めに決めたからなんだけど、と付け加えてから、稲葉もまた首を傾げた。

「待って」「ばっか」

青木が言って、桐山が後を引《ひ》き継《つ》いだ。

そして永瀬が、言った。

「……今回のわたし達ってさ、そんな感じの時多くね？」

その通りだった。初めに決めた方針《ほうしん》がそうであった、にしてもだ。

最初千尋がやってきて、「入るのか？」と尋ね「前向きに検討します」と返ってきたのに、なにも言わなかった。

太一さん、俺達に部に入って貰いたいって思ってます？　太一はそう尋ねられ、答えられなかった。

入部するつもりはあるのかと尋ねた時、二人が自分達の方を見てきたのに、なにもしなかった。

新入生に入って欲しいとは考えている。魅力を新入生に見せようとする。だが……その先は？

「なんでわたし達、ちっひーと紫乃ちゃんに『入部してよ』すら言ってないの？」

その永瀬の言葉はちょっとした衝撃だった。

でも確かに、自分達はそれさえ言わずにぼうっと待ち続けていた。

二人が、入部したいと、仲間になりたいと言ってくることを、待っていた。

桐山が口を開く。

「二人が最後入部しようって決心できないのは、それが原因、だったり」

考えてもみればだ。

なにをやっているのかよくわからない部活だ。そこに入る可能性のある同級生は二人だけだ。同学年の友達が増えないけどいいのか。二年生五人と上手くやれるのか——。

キリがないくらいに不安な点だらけだろう。にもかかわらずこの文研部に来る、たぶんそれだけで勇気が必要だと思う。

そして勇気を出して文研部に歩み寄ろうとしているのに、文研部の人間は煮《に》え切《き》らない態度《たいど》だ。

間違いなく歓迎はしている。だが最後の一押しはしないで相手の手に委《ゆだ》ねようとする。

それは〈ふうせんかずら〉がいるためだ。

でも、それだけじゃなくて。

「オレ薄々思ってたんだけど、みんなさ、文研部に新しい誰かが加わるのに、ちょっと尻込《しりご》みしてね？」

青木が、薄々皆が気づき始めたことを明確に言葉にする。

「それ、認めたくないけど……わかっちゃう」

永瀬が呟き、他の皆も似たようなことを言う。

そんな中で太一は目を瞑る。

なにも見えない世界。それでも感じられる五人の絆。

そう、そこまで完成された五人だけのコミュニティが山星高校文化研究部なのだ。

包み隠さず認めよう。

それを壊されてしまうのがちょっとだけ、恐かった。

少なくとも太一はそうだ。他のみんなも、似たようなものらしい。

なら、見学には来てくれるのに最後千尋と円城寺が決断できないのも合点がいく。

心を開いている、だから心を開いて貰える。

心を開いて貰える、だから心を開ける。

そういうものだろうから。

「新しい仲間が欲しいと思う一方で、そいつらが入ってくることにビビってた訳か」

稲葉は「ビビりついでにもう一つ。『奴』に関することでだ」と言ってから続ける。

「例の件があるからこっちから引き込まない。そうは言っていたが、積極的に引き込もうが、自主的だろうが、入部したら同じだ。リスクに晒される状況には変わりがない。違うのはアタシ達の良心《りょうしん》の痛み具合だけだ。わかってはいると思うが」

稲葉の言う通り、わかってはいる。

見ないように、していたけれども。

「それにちゃんと、向き合えってことだよね。流れで誤魔化したりせず」

永瀬が言った。

「ああ。……今思えば全部最悪に中途半端《ちゅうとはんぱ》だな。春だからって浮かれ過ぎたか……」

稲葉は悔《く》やむように顔をしかめた。

太一は改めて考える。

意義の見えにくい部活。そこに飛び込んでくれようとしている子達がいる。

しかし入って貰う側のこちらは、デメリットを知っているにもかかわらず偉そうに待ち構えているだけ。

人に責任を押しつけて、自分はリスクから逃れようとして、なにかを手に入れようなんて、傲慢にもほどがあった。

一番煮え切らない態度を取っていたかもしれない自分だが、恥を忍んで太一は皆に話しかける。

「なあ、みんな。色んなこと全部踏まえた上でもう一度確認するけど、新しい部員欲しいよな？」

皆、頷く。

「千尋と円城寺に、文化研究部に入って欲しいよな？」

欲しい、と皆言う。

「俺も二人に……入部して欲しい」

太一も、ちゃんと口に出して言えた。

「なら今更かもしれないけど、それを伝えよう。そして——」

言いかけて、太一は躊躇った。

これは、とんでもなく罪《つみ》なことかもしれない。そんな不安が頭をもたげた。

だけど太一は、その不安を一瞬で吹き飛ばすことができた。

なぜなら、表情だけで、みんなが「いけ」と言ってくれているとわかったからだ。

「〈ふうせんかずら〉の危険に二人を近づけてしまうかもしれない。その罪も、正々堂々真正面から受け止めて、背負《せお》おう」

言いながら太一は思う。やはりこの五人は凄い、五人ならどんなことでも乗りきれる。そこに更に一人、更にもう一人加われば、もっともっと凄くなる。絶対楽しくなる。

二人が最後にどう決断するか、それは本人達次第だとしても。

自分達は、今自分達にできることを、求めたいものを求めるためにしよう。

そして、逃げずに〈ふうせんかずら〉の脅威と戦おう。

◆◇◆

痛い。

左足首が悲鳴《ひめい》を上げている。変な歩き方をしていたから右足も痛くなってきた。靴《くつ》を脱いだら腫《は》れてそう。走るのはもう無理だ、歩くだけになっていた。

「ったく、昨日の内から足くじいてたってなんだよ。自分から走るって言っといて」

隣を歩く宇和千尋に怒られてしまう。

「ご、……ごめん。走り出すまで……忘れてて」

話しながら円城寺紫乃は消え入りたいくらいに申し訳なく思う。

「……いいけどさ」

千尋はずっと自分に合わせて歩いてくれている。

「あの……やっぱり先に行って貰って」

「ここで置き去りにできるほど度胸《どきょう》持ってねーよ。え~矢印はこっちだから……、げ」

千尋が立ち止まる。紫乃も立ち止まって下げていた視線を上げ、前を見る。

前方には長い長い坂があった。ここを登り切ればゴールのようだ。

「……最後にこれは、きついな」

呟いた千尋が紫乃を見やる。

「もういいんじゃねーか？ 俺だけ上に行ってゴールにいる人達に連絡するから戻ろうぜ。つーかまだゴールで待ってる係の人いるのか？ 俺達部外者だからな……」

「え……でも……でも」

でも、とは言うがその先の言葉は見つからない。

やっぱり……、無理か。

「そうだね……。もういないかもしれないけど、待ってる人がいたら迷惑だし」

とっくにゴールしているであろう人は、文化研究部の人も含めて別の場所に移動しているだろう。

届かなかったな、と思う。

たぶん自分は、一生追いつけないいんだろう。

でも仕方がない。そういう世界だ。受け入れよう――。

「円城寺、お前……なんでこの部に入りたいと思ったんだよ？」

突然、千尋に尋ねられた。

流れを考えるとおかしな質問だったので、戸惑う。

「おい、聞いてんのか」

顔をしかめた千尋が言う。

「え!? ああ、聞いてる聞いてるっ」

なんで、この部に入りたいと思ったか。

「あの……わたし入りたいってまでの大層《たいそう》なことは……」

「そんなもん要らねえよ。見学に来て、こんなマラソンまでやってる時点で入りたいのは丸わかりなんだから」

「……それって千尋君もってことだよね？」

「喧嘩売ってんのか？」

「う、売ってないない！　ないよ！」

なぜ今ので喧嘩を売っていることになるのか。わからない。

一呼吸置いてから、紫乃は答える。

「……眩しいな、と思って。憧れたから、かな。光に集まるって、虫みたいだね」

最後は冗談《じょうだん》めかしてみたのだが、千尋は真面目な様子で聞いていた。

なにやら感じ入っている様子でもある。

千尋にも、自分と同じような部分があるのかもしれない。

なんたって、千尋も同じように、この文化研究部に興味を持っているのだから。

でもさ、と千尋は口を開く。

「他じゃなくて、なんでここなんだ？」

「それは……一番凄いなって、なんとなく、感じたから」

もっとちゃんと答えろと怒られるかと思ったら、千尋はそうしなかった。

「凄い……、ね」

ぽろっと零《こぼ》れ落《お》ちるように、その言葉は千尋の口から発せられた。

夕暮《ゆうぐ》れの切なさも手伝ってか、なんだか不思議な気持ちになっていた。

今なら、なにを言っても恥ずかしくないような、そんな感じ。

「だから……あんなところに、いていいのかって思っちゃう。場違いじゃないかって」

「……わからなくもねえよ」

千尋が同意してくれた。それがちょっと意外で、ちょっと嬉しかった。だから続ける。

「入りたい、って言ったら、間違いなくあの人達はいれてくれるよ？　でもそれと、その後上手くやっていけるかは別問題だと思うんだ。今も、ちょっとだけ『こいつら本当に入ってくるのか？』みたいなとこあるし……。だからさ……やっぱりね……」

話しながら、こんな風だから自分はいつまで経っても同じ場所にいるんだと、まざまざと思い知った。無理矢理にでも踏み込めば、変わるのかもしれないけれど。誰かの邪魔にはなりたくない。

「円城寺、やっぱバカじゃないいな。空気読めてるし」

「……なんか、ずっとバカと思ってたみたいな言い方だね」

「間抜けとは思ってる」

「そっか、間抜けか。……間抜け!? ひどーい」

「お前のとろさの方がひでえよ」

二人で少し笑う。そういえば千尋の笑う顔をちゃんと見たのは初めてかもしれない。

少し間があった。

それから千尋が尋ねてくる。さながら最後通告《つうこく》のようだった。

「で、円城寺はもういいんだな。走るのやめて、文化研究部にも入らないんだよな?」

問われ、名残惜《なごりお》しさと悔しさに逡巡して、やっぱりもう一度と思って、でも求められていないのにと――。

――その時、大きな声が山の上の方から響いた。

『ちっっひ～～～～～～～～～ん! 紫乃ちゃ～～～～～～～～～ん! 待ってるぞ～～～～～～～～～! それとっっ、文研部に入って下さ～～～～～～～～～い!』

伊織の声だ。

『千尋く～～～～～ん! 紫乃ちゃんをしっかりエスコートするんだぞ～～～～～～! 二人が入部してくれたら楽しそうだから期待してる～～～～～～～～～～～～!』

唯の声だ。

『早く来てくれ～～～～～～～～! でっっ、バーベキューで肉食おうぜ～～～～～～～～～～～! オレは上下関係なしに友達感覚で付き合ってくれていいぞ〜〜〜〜〜〜〜！』

　青木の声だ。

『部活の先輩を待たすとはどういう了見《りょうけん》だ〜〜〜〜〜〜！　お前らさっさとゴールまで来いや〜〜〜〜！』

　稲葉の声だ。

『俺達はっっ、二人を歓迎するぞ〜〜〜〜〜〜〜〜！　絶対に楽しいからっっっ、仲間になってくれ〜〜〜〜〜！』

　太一の声だ。

　降り注ぐ声を、紫乃はただ呆然と立ち尽くして聞いていた。

　なんだろう、凄く、凄く凄く暖《あたた》かくなった。

　声だけじゃなく気持ちまで伝わってきた気がした。

　そして、今自分に一番足りないものを与えてくれた、気がした。

「……で、円城寺はどうする？」

　千尋が聞いてくる。

　自分はとろくて間抜けで理解力も大したことないけど――、

「……『一緒に行こうぜ』って顔に書いてるよ、千尋君」

　――今、自分が心の底からやりたいと思ったことを、自分の意志でやり遂げる時だってことくらいは、わかる。

「この部にいると、凄く大変なことが起こるかもしれない。いや、その可能性は低いと思うし、そうなったら絶対守るけど。でも、絶対とは言えないから、だから……」

真面目に話す太一に、千尋と円城寺はぽかん、だ。

「なに言ってんすか太一さん？」

「いや、文研部に入部すると決めてくれた二人に重要な伝達《でんたつ》を……」

そこに青木が乱入してくる。

「今はいいんだ気にするな！　早くしないと肉がなくなるぞ千尋！　もっと食うだろ！」

「いただきますっ！」

青木と千尋は二人で網《あみ》へと突撃《とつげき》していく。

◆◇◆

陸上部マラソン大会後、自然公園内施設《しせつ》で開催されるバーベキュー大会に、文研部は図々《ずうずう》しくもお邪魔させて貰っていた。

流石に陸上部のイベントなのでと遠慮《えんりょ》したのだが、「いいんだ！　是非食べていってくれ！　代わりに是非……ホント一度でいいんで……大会の応援に来て下さい、お願いしますっ！」と男子を中心に強く主張してきたので、文研部が折れる形になった（ちなみにその時、陸上部男子は「おっしっっ、後は大会で格好いいとこを見せてしまえばこっちのもんだ！　うおおお！」などと喜《よろこ》び勇《いさ》んでいた）。

太一と円城寺が二人で取り残される。

「そういやさ、円城寺が文研部に来ようと思った理由、結局なんだっけ？」

ぎくぎくっと両肩を上げ、円城寺が固まる。

「あの……その……この……その……」

「別に嫌ならいいから。もうちょっと落ち着いて喋れ、な？」

「は、はいいいいい！」

「……全然落ち着けてないな」

「なに、どうしたの？」「どうした？」

永瀬と稲葉も近づいてきた。

「あ、別に」と太一が答えようとしたら、

「お、お、お、お答えさせて頂きますっ！」

と円城寺が言い出した。

「なに、なにを答えるの？」

永瀬は興味津々《きょうみしんしん》だ。

「わたしも皆さんにお言葉を頂いて……入部を決意した訳ですから……わたしも自分がどうして文化研究部に興味を持ったのか言うことが……礼儀《れいぎ》だと思います！」

「なるほど！　いい心意気だね紫乃ちゃん！　早速聞かせてよ！」

永瀬が嬉しそうに言うと、円城寺が首をこくりと動かした。

「一つは、……みなさんに憧れたこと、なんです」

「憧れた？」

稲葉が訊く。

「は、はい。……たまたま皆さん五人がいるところを見て、男女分《わ》け隔《へだ》てなく仲よくて楽しそうで、すっごい、わたしが憧れてる高校生活だなって感じがして……。その時皆さんが『文化研究部が～』と喋ってるのを聞いて……」

「なるほど、別に変な理由でもないじゃないか。なんで隠してたんだ？」

太一が問うと「な、なんか恥ずかしくてっ」と円城寺は俯いた。

「で、一つってことは他にもあるんだよね？」

永瀬が訊く。

「は、はい……もう一つは……」

円城寺が、ちらちらと太一の顔を窺う。

十秒くらいそれを続け、太一達が怪訝《けげん》さに首を傾げたところで、意を決したように円城寺は言った。

「太一先輩が好きなんですっっ！」

「…………………え？」

太一は固まる。思考停止だ。

「え⁉　それ、マジ、やばくない⁉」

永瀬が慌てる。

「お、お、おい……そ、そ、そ……それは、ど、どういう……ああああ」

狼狽《ろうばい》し過ぎた稲葉が、震えて取り皿と箸《はし》を取り落としていた。

「太一先輩の……声がっ！」

「……………………ん？」

「えっと、声、だけ？」

頭も口も回らなくなっている太一に代わって永瀬が確認してくれる。

「はいっ、全身全霊全力《ぜんしんぜんれいぜんりょく》で声だけです！　太一先輩の声って〜、深みがある響き方してて〜、落ち着いた喋り方とのマッチも凄くよくて〜、まるでクラシック音楽のようで理想的というか〜」

嬉々《きき》として円城寺が話す。

なんだ、自分の声にモテ期がきてるのか。声、だけに。

「声だけで……太一自体は？」

今度は稲葉が尋ねる。

「わたし、逆に私生活とか知っちゃうとだめなんで。美学《びがく》に反するんで。ノーサンキューなんで」

円城寺がびしっと格好良く喋っている。どういうキャラだ。

いや本当に……一癖《ひとくせ》も二癖《ふたくせ》もありそうな子だと改めて思った。

◆◇◆

バーベキュー大会も終了が近づいてきた。

腹も満たされて手持ちぶさたになった宇和千尋は、トイレに行った後なんとなく自然公園の敷地《しきち》内をぶらぶらしていた。

結局まさかまさかで、つーか流れで文化研究部に入るって言ってしまったとか、さっき太一がした、『この部は、もしかしたら凄く大変なことが起こるかもしれない』云々の話はなんだったんだろうな、とか考える。

「おう、ちっひーじゃないか」

そこを永瀬伊織に見つけられた。いや、偶然出会っただけとも言うが。

「トイレってこっちであってる？」

「いや、あっちの方ですけど」

「おっと、そうか。さんくす」

永瀬は千尋が示した方に歩み出そうとして、足を止めた。

「そうだ、ちっひー。気になることがあるんだった」

永瀬が振り返る。同時に風が吹いた。

夕暮れの朱《あか》に染まった黒髪が舞う。

完璧なプロポーションに彩られて、ただの体操服が全く違う衣装《いしょう》に見える。

「ちっひーは性格的に、人を可愛いなんて褒めたりしない子だよね」

冷たく透《す》き通《とお》った声だ。聞くだけで、思わず姿勢《しせい》を正してしまうような。

しかし言っている意味がよくわからなかった。

「捻くれ者だしね。あ、悪い意味ではなく」

「……はい？」

澄《す》んだ瞳《ひとみ》に捉えられる。美しい。だが、どこか、恐い。

「わたし、ちっひーに褒められた覚えがあるんだけど」

「そう言えば……そんな気もしますね」

「なんかイメージと矛盾《むじゅん》するなって思って、考えてみたんだ。そしてピンときた。誰かを褒めるってことはさ、相対的《そうたいてき》に誰かに気がないとアピールすることになるんじゃないかって、つまり――」

「永瀬さんっ！」

我知らず大声を出して永瀬を遮っていた。

永瀬が目をぱちぱちとさせる。

「いや……、あの……なんでもないです」

なにを言ってるんだ、自分は。

すると永瀬は、優しく聖母《せいぼ》のように笑った。

「ごめん、ごめん。……まあ、後悔する恋はするなって話さ。……わたしは――」

「え？」

最後永瀬がなにを言ったかは、木々のざわめきに遮られて上手く聞き取れなかった。

◆◇◆

永瀬と別れた後、千尋は皆の下に戻らずに歩いた。

自然公園内の、人気《ひとけ》のない林に向かう。

少し一人になって、頭を冷やしたかった。

頭の中は先ほどの永瀬とのやり取りでいっぱいだ。

なんだ、あの態度は。まるでそれが真実《しんじつ》であるかのような。情けなさ過ぎるし恥ずかし過ぎる。ださい。ちっさい。

「くっだらねえ」

毒づく。

「……くだらないですよねぇ……」

低く地を這《は》うような不気味な声が聞こえた。

周囲を見渡す。

暗がりに人影が、ある。

「だ、誰だよっ!?」

千尋が叫ぶと、そいつはだらだらとやる気のなさそうな声で答えた。

「誰……誰……そうですね。……〈ふうせんかずら〉ですかねぇ……」

ココロコネクト　クリップタイム　了

あとがき

本書を手に取って頂き、誠《まこと》にありがとうございます。

『ココロコネクト クリップタイム』は、一巻目『ココロコネクト ヒトランダム』、二巻目『ココロコネクト キズランダム』、三巻目『ココロコネクト カコランダム』、四巻目『ココロコネクト ミチランダム』に続く『ココロコネクト』シリーズ五巻目にして初の短編集となっております。

ということで「ココロコ！」でお馴染《なじ》みの庵田定夏《あんださだなつ》です。ココロコ！

ついにランダム縛《しば》りが解け、「なにごとか!?」と思った方もいらっしゃるかもしれませんが、短編集は『タイム』がつく、とそういうお話のようです。

こう言うと次の短編集も決まっているみたいですが、特に「絶対出ます！」なんてこともないですのであしからず。

もちろん出せれば嬉《うれ》しいですが！　嬉しいですが！　嬉しいですが！

さて、さり気なく「応援《おうえん》してね！」アピールをしていると、もう残りのスペースが少なくなってきました。これでは短編集のあとがきに多く見られる、短編ごとの解説《かいせつ》っぽいこともできません。どうしてこんなことになったのか……まあ私が原稿《げんこう》の枚数を増やしまくっているからですね。実は『ココロコネクト』は、毎回予定ページ数をオーバーし、削《けず》りに削って完成に至《いた》るのですよ！　今回こそはと思っても毎度予定よりページが増えちゃうので最早恒例《もはやこうれいぎょうじ》行事です！

そんな創作秘話《そうさくひわ》っぽいだけでそんなに秘話じゃない告白をしつつ、謝辞《しゃじ》に移りたいと思います。

まずは前巻から応援してくださっている読者の皆様、本当にありがとうございます。ドラマCDのキャンペーン葉書《はがき》を見て作者は感動しました。流石《さすが》に多過ぎて全てに目を通せていませんが、少し読ませて頂いただけでもぎっちり感想を書いてくださったり、もの凄《すご》く手の込んだイラストを描いてくださったり……。時間がかかってもいつか必ず全部読ませて頂きます！

それから担当《たんとう》様をはじめ本書が出版されるまでに関わってくださった全ての皆様、この度《たび》は私の都合《つごう》で大変ご迷惑をおかけ致しました。お力添《ちからぞ》え頂き大変感謝しております。

そして白身魚《しろみざかな》様。新キャラ最高です！　本っ当にいつもありがとうございます！

最後に宣伝《せんでん》で恐縮《きょうしゅく》ですがCUTEG先生のコミック『ココロコネクト』発売中です！

それでは改めまして、読者の皆様に最大限の感謝を。


この本が、少しでも日本の元気に貢献《こうけん》できていれば幸《さいわ》いです。

二〇一一年四月　庵田定夏

年上女子&年下男子に弱い
私はチヒロ&唯が
とても気になる
所です。(笑)
青木ゴメン

初出一覧

スクープ写真の正しい使い方（FBonline2010年2号　掲載）
桐山唯の初体験（FBonline2010年6号　掲載）
稲葉姫子の孤軍奮闘（FBonline2010年10号　掲載）
ペンタゴン＋＋（書き下ろし）

●ご意見、ご感想をお寄せください。
ファンレターの宛て先
〒102-8431 東京都千代田区三番町6-1　株式会社エンターブレイン ファミ通文庫編集部
庵田定夏　先生　　**白身魚　先生**

●ファミ通文庫の最新情報はこちらで。
FBonline　**http://www.enterbrain.co.jp/fb/**

●本書の内容・不良交換についてのお問い合わせ。
エンターブレイン カスタマーサポート　**0570-060-555**
（受付時間 土日祝日を除く 12:00〜17:00）
メールアドレス：**support@ml.enterbrain.co.jp**

ファミ通文庫

ココロコネクト クリップタイム

二〇一一年六月一〇日　初版発行

著　者　庵《あん》田《だ》定《さだ》夏《なつ》
発行人　浜村弘一
編集人　森　好正
発行所　株式会社エンターブレイン
〒一〇二-八四三一　東京都千代田区三番町六-一
電話　〇五七〇-〇六〇-五五五（代表）
発売元　株式会社角川グループパブリッシング
〒一〇二-八一七七　東京都千代田区富士見二-一三-三
編　集　ファミ通文庫編集部
担　当　宿谷舞衣子
デザイン　アフターグロウ
写植・製版　株式会社オノ・エーワン
印　刷　凸版印刷株式会社

定価はカバーに表示してあります。

あ12
2-1
1039

ISBN978-4-04-727280-4